des filleules

xx

CÉLIBATAIRE LONGUE DURÉE

Véronique Poulain est l'auteur chez Stock d'un récit très remarqué, *Les mots qu'on ne me dit pas*, sur son enfance et son adolescence entre deux parents sourds. *Célibataire longue durée* est son premier roman.

Paru au Livre de Poche :

LES MOTS QU'ON NE ME DIT PAS

VÉRONIQUE POULAIN

Célibataire longue durée

ROMAN

STOCK

© Éditions Stock, 2016.
ISBN 978-2-253-07009-2 – 1ʳᵉ publication LGF

À toutes mes copines

À Léa et Victor

« Nous ne voyons pas les choses telles qu'elles sont mais telles que nous sommes. »

Anaïs Nin

« Ce qui rend les amitiés indissolubles et double leur charme est un sentiment qui manque à l'amour, la certitude. »

Balzac

Je m'appelle Vanessa Poulemploi. Là, tout de suite, je dévale les escaliers, fraîchement pomponnée. Les seins moulés dans un balconnet, le string à sa place, le chignon savamment décoiffé, je joue les bimbos à l'aube de mes cinquante ans. Encore dix ans et je me fais des couettes.

Mes fesses sont une valeur sûre mais plus pour très longtemps. Ça commence à se casser la figure, tout ça. Bientôt, il va falloir assumer le temps qui passe, la peau flapie, les cheveux blancs, la vue qui baisse, les jambes qui flanchent et les poches sous les yeux. Les hommes me regardent encore. Moins qu'avant cependant et ce ne sont plus les mêmes. Je cartonne auprès de ceux qui sont mariés. D'ailleurs, Régis, mon épisodique chéri depuis deux ans, est là pour me le prouver. Avec lui, je rentre seule mais rassurée.

Célibataire longue durée, c'est un métier. Il en faut des astuces, de l'énergie pour le rester. J'ai décrété, il y a quelques années, qu'il valait mieux être en solo que moyennement accompagnée. Et je m'y suis tenue. La vie ne m'a pas déçue : je suis seule. Malgré quelques aventures qui me mènent droit dans le mur.

Je suis LA célibataire de la famille. Celle qui ne fait jamais rien comme les autres. Celle qui se permet de croire que tout est possible. Celle qui vient toujours seule aux repas de famille. Celle dont le célibat à vie est un fait acquis.

Je me conforme bien au rôle que l'on m'assigne. J'y prends même du plaisir. Je me demande parfois si je ne fais pas exprès de foirer toutes mes histoires pour rassurer ma famille, pour lui donner raison.

À trente ans, j'ai rencontré François. Le coup de foudre. Enceinte trois mois plus tard. J'ai accouché. Bonheur immense mêlé de terreur. Je débordais d'amour pour ce petit être qui venait de sortir de mon ventre et la peur qu'on me le prenne m'a saisie. Une peur que je ne connaissais pas. Un affolement que je ne contrôlais pas. Mon bébé venait de pulvériser un sentiment qui m'était familier : l'insouciance. Le « Je fais ce que je veux » a été remplacé par le « Je fais ce que je peux ». J'ai détesté ma vie en même temps qu'elle m'offrait ce qu'il y a de plus cher.

La première année a été épouvantable. Dépassée par la naissance de Tess, épuisée par l'accouchement, exaspérée par François à qui je reprochais de ne pas savoir. Tess ne dormait pas. Elle ne dormait jamais. Avait-elle faim ? Soif ? Mal quelque part ?

Où ? Comment ? Pourquoi ? Pourquoi ne comprenais-je rien ? Et l'instinct maternel ? Où était-il passé, celui-là ? Celui dont on nous rebat les oreilles depuis toujours et qui, d'après moi, n'existe pas.

Un an. Un an pendant lequel, réveillée toutes les nuits par la peur de la perdre, je me levais pour vérifier qu'elle ne s'était pas retournée dans son sommeil, qu'elle respirait bien, qu'elle n'était pas morte. Puis j'allais fumer à la fenêtre du salon, me détendais, revérifiais et retournais me coucher, tandis que François ronflait.

Le sexe en berne, la première année, j'ai mis mon absence de désir sur le compte de l'accouchement, mais force a été de constater que je ne désirais plus François. Et ça ne reviendrait pas. Lui qui s'était mis en couple avec une bête de sexe se retrouvait avec une mère sur les bras.

Bien évidemment, je ne m'épilais plus, je ne prenais plus soin de moi et je culpabilisais. Tous les soirs, au moment d'aller me coucher, j'angoissais. Il en avait envie. Moi pas. J'aurais préféré mourir plutôt que de lui infliger ça. J'étais désolée. Nous avons quand même eu un second enfant, Matthieu, trois ans après, mais le couple était foutu.

Je suis restée six ans avec François. Six ans d'une vie commune harmonieuse en journée, affligeante en soirée. François a travaillé de plus en plus. A probablement eu des maîtresses. En tout cas, c'était tout le bien que je lui souhaitais. J'ai travaillé de plus en plus aussi. Et nous nous sommes séparés. D'un commun accord.

J'ai retrouvé le désir dans les bras de Stéphane, le kiné de ma fille. Ça n'a pas fonctionné entre nous. J'étais en deuil. De ma séparation d'avec le seul et unique homme que, jusqu'à présent, j'ai aimé.

Pourquoi je parle d'eux ? Ils sont morts. C'est bien simple, autour de moi, tout le monde est mort. En l'espace d'un an. François, mort. Crise cardiaque. Stéphane, mort. Accident de moto.

C'est pas bon d'être avec moi. Ça porte malheur.

Rouge à lèvres cerise, talons qui claquent sur l'asphalte, je file. Je vais chez ma psy et je suis en retard. Dix ans que je parle allongée deux fois par semaine. Dix ans que je déverse mon fiel, mes doutes, mes peines sur un canapé.

Ma psy, une grande femme rousse, lunettes vertes sur le nez, âge indéterminé, cuissardes noires aux pieds, m'ouvre la porte. Je passe devant elle en trombe et me précipite sur le divan.

« Si je récapitule, je viens d'être licenciée, depuis deux ans je suis veuve et seule responsable de mes enfants, sans compter que le grand amour n'a toujours pas frappé à ma porte. Soit je fais une dépression nerveuse tout de suite, soit je me dis que je suis à un tournant de ma vie et qu'il va falloir négocier le virage intelligemment. Pour le boulot, vous savez, je prends ça comme un sacré coup de pouce de la destinée, une étape nécessaire pour me donner les moyens de réussir ma vraie vie. J'ai toujours su que j'avais quelque chose de grand et de beau à accomplir. Là, j'en ai la preuve. Fini le secrétariat. Enfin.

J'ai passé l'âge qu'on me donne des ordres. Tout est bien qui finit bien. À condition de ne pas trop me demander ce que je vais faire parce que, franchement, là, j'en sais rien. Enfin, j'ai ma petite idée, mais…

— Oui ?

— J'aimerais bien être sexologue.

— Oui ?

— Ou criminologue. Entre la vie et la mort, j'hésite. Quant à Régis…

— Oui ?

— Je crois qu'il est temps que notre pseudo-relation s'arrête. Symboliquement, c'est important. Si je commence une nouvelle vie, je dois faire table rase du passé et ne pas continuer à me farcir un homme marié. Vous savez, ça fait deux ans qu'il m'explique qu'il va la quitter. Deux ans qu'il m'explique qu'il n'a pas eu de relation sexuelle avec son épouse depuis la naissance du petit dernier qui a vingt-trois, je vous le rappelle. Il me le dit droit dans les yeux en plus. Moi, depuis deux ans, je prie pour qu'il ne la quitte jamais. Et sur ce coup-là, je sais que je vais gagner.

— Vraiment ?

— Oui, vraiment. Je ne le supporterais pas au quotidien. Vous êtes bien placée pour savoir que j'en ai avalé, des couleuvres, avec lui, grandes comme des boas. Apparemment pas assez, puisque je suis toujours là. Alors, d'accord, grâce à lui, j'ai des relations sexuelles régulières. Encore que... Pas tant que ça. Deux fois par mois, c'est pas Broadway non plus. Je suis toujours en train de l'attendre. Finalement, c'est pire. En même temps, c'est mieux que rien... Mais en fait non. Je ne suis pas amoureuse de lui. J'ai perdu trop de temps à y croire. Il m'a invitée dans sa maison de campagne en Picardie, ce week-end. Je vais en profiter pour lui dire. Oh, je ne sais pas. Je ne sais pas quoi faire, je ne sais plus rien, même plus comment je m'appelle. Pff... D'ailleurs, vous savez comment il m'appelle, dans son téléphone ?

— Dites.
— BERNARD !!!
— Très joli. À lundi. »

Je me fais belle. Tout à l'heure, je vais voir Régis et j'ai hâte de lui dire qu'entre nous, c'est fini.

Après deux heures de route, j'arrive enfin.

Calé dans un petit fauteuil de la cuisine, il m'attend.

J'ai soigné mon entrée pour mieux préparer ma sortie. À la Betty dans *37°2 le matin* quand elle arrive en mules, ses valises à la main. Sur le pas de la porte, je lâche le sac avec nonchalance, penche la tête et lui souris pleinement. Il se lève, me plaque contre le mur, m'embrasse, me porte. Direction la chambre. Ne perdons pas de temps.

Le voici qui arrache mon chemisier. Deux pensées me viennent : l'une concerne le prix de mon haut déchiré (cinquante euros chez Zara), l'autre a plus à voir avec la fierté que j'éprouve à le sentir me désirer comme ça. Il doit vraiment avoir envie de moi pour me dire des trucs du genre «Mon amour» ou «Tu es belle». Je ne le crois pas mais ça fait un bien fou de les entendre, ces phrases-là. Pour quelques heures, adieu vergetures, cellulite, sillon nasogénien et seins qui pendent. Place au désir, à la vie, au plaisir.

Allongés sur le dos et silencieux, nous regardons le plafond. Je suis déprimée, il est épuisé. Lui qui, il y a cinq minutes, était si prolixe ne dit plus rien. Il se détache, prend de la distance. Passe à autre chose. Remet sa belle armure de guerrier. Pièce par pièce. Puis il bondit sur ses pieds, se rhabille, me regarde :

« Je dois rentrer à Paris. Élisabeth (sa femme) a des choses à faire cet après-midi. Je dois l'emmener. Fais comme chez toi. Y a une épicerie en face si tu as faim.

— Mais tu ne vas pas me laisser toute seule ici ?!
— Je ne peux pas faire autrement. Tu pourrais laver les draps ? Je ne voudrais pas que ma femme tombe dessus... Tu connais la maison, fais comme chez toi. »

Il m'embrasse machinalement et s'en va.

Je suis furieuse. Je viens de me taper deux cents kilomètres en Smart, j'ai failli valdinguer dans le décor une bonne dizaine de fois... pour ça ! Pour deux pauvres petites heures de sexe, voyage compris, et me retrouver plantée là, au milieu de la cuisine, dans la maison d'une autre.

Je range rageusement mes affaires, mets les draps

dans la machine (oui, oui, je le fais), laisse les clés sur la table, claque la porte. J'ai envie de pleurer.

Dans la voiture, je lui envoie un texto :

« Pour la rétribution, j'accepte aussi les chèques. »

La réponse ne se fait pas attendre :

« Je viens de te payer en liquide. »

Et si, pour une fois, je mettais mes actes en accord avec mes pensées ? Et si je disparaissais sans rien lui dire, comme il le mérite ?

Et si je tournais la page ?

Mon cher Régis,

Tu manies la rhétorique avec tactique, c'est ce qui m'a plu chez toi. Ton désir pour moi est sans faille et lorsque je me sens désirée, je peux tout encaisser. Mais il y a des limites. Que tu viens de franchir.
Je vais néanmoins te faire l'honneur d'une toute petite mise au point. Pour la prochaine que tu tiendras dans tes bras et qui ne sera pas moi.
Pendant qu'hier tu ahanais laborieusement, j'attendais la fin avec impatience car je savais déjà que je ne jouirais pas. Pas assez excitée, pas assez amoureuse, pas assez désireuse.

Tes caresses méthodiquement ordonnées selon un mode d'emploi doctrinaire inculqué par une certaine femme, peut-être la première que tu aies connue, il y a un certain temps, m'ont fait peu d'effet. J'aurais préféré que tes mains s'immobilisent exactement au bon endroit et qu'elles me sentent vibrer, pulser, enfler. Il faut que tu saches que ce mouvement du doigt, toujours le même, réglé sur une fréquence métronomique et machinale, n'est absolument pas adapté. En tout cas, pas à moi.

Et puis, cette manie que tu as et que malheureusement tu partages avec d'autres, cette obsessionnelle volonté narcissique de me faire jouir, coûte que coûte, alors que souvent, moi, j'attends votre orgasme pour que justement ça ne dure pas trop longtemps. C'est pénible. On ne se comprend pas, finalement. Alors je t'explique: en ce qui me concerne, vingt minutes suffisent à me rendre heureuse. Au-delà, c'est chiant.

Au: « Je veux que tu jouisses » que tu me susurrais, j'avais envie de crier: « Ne t'inquiète pas pour moi, occupe-toi de tes petites affaires, plutôt. »

J'ai adoré quand tu me prenais, quand avec toi, je me sentais remplie donc comblée. Quand tu bandais pour moi. J'ai adoré ces rares moments où l'orgasme montait et que plus rien n'avait d'importance, même pas toi. Quand, à ce moment ultime, tu n'existais plus.

Et d'ailleurs, à partir d'aujourd'hui, tu n'existes plus tout court.

Vanessa

Le mail envoyé, j'appelle Greta.
« Allô, Greta, c'est Vanessa.
— Ça va ?
— Tu vas être fière de moi.
— Qu'est-ce que tu as fait encore ?
— Je viens de quitter Régis.
— Il était temps. Bravo. Il a dit quoi ?
— J'en sais rien. Je lui ai envoyé un mail. Net, clair, précis. Qu'il peut relire si jamais il n'a pas compris.
— Bien fait pour sa gueule. Ça se fête.
— Ouiii.
— 19 heures, à la maison. »
Greta, c'est ma meilleure amie, à la vie, à la mort.
Puis j'appelle Marie. Depuis le temps que je la saoule avec Régis, elle mérite d'être une des premières au courant.
« Allô, Marie, c'est Vanessa.
— Ça va ?
— Tu vas être fière de moi.
— Qu'est-ce qu'il t'arrive encore ?

— Régis et moi, c'est fini.
— Oh là là, mon Dieu. J'arrive.
— Hé ! du calme. Tout va bien. C'est mon choix.
— Tu me fatigues. Tu es sûre que ça va aller ? J'ai pas envie de te récupérer à la petite cuillère, moi.
— Ben oui. Enfin, je crois. Tu veux que je te lise le mail que je lui ai envoyé ?
— Oui, oui, oui. »
Je le lui lis.
« J'adooore. C'est trop bon.
— Je savais que ça allait te plaire. J'ai pensé à toi, à moi, aux copines et je dois t'avouer que ça m'a bien stimulée. On boit un coup chez Greta, ce soir. Tu viens ?
— Ce soir, je ne peux pas. La tante de Michel vient dîner.
— Pff... ça m'aurait étonnée. Tu ne peux jamais. Je passe boire un café bientôt. »
Marie, c'est ma meilleure amie, à la vie, à la mort.

J'avais quinze ans quand j'ai rencontré Greta. J'étais en seconde littéraire et cette année-là, le lycée avait mis en place un système de correspondants. Autrichiens pour ceux qui faisaient allemand, espagnols pour les autres. Greta Gruber était la mienne.

Un bus scolaire rempli d'Autrichiens est ainsi arrivé un matin devant la grille de l'école. De toutes les correspondantes, Greta était de loin la plus jolie. J'avais les glandes que ce soit précisément chez moi qu'elle atterrisse. Blonde, les cheveux bouclés, des yeux verts et des dents impeccablement alignées, dans sa robe de mousseline, elle aurait pu être une égérie de David Hamilton. Elle avait un regard flou et mystérieux qui lui donnait l'air innocent. En fait, elle était myope et nous regardait sans nous voir. Pendant une semaine, tous les garçons se sont battus pour être invités chez moi et je suis devenue la fille la plus populaire du lycée, moi qu'on ne regardait jamais, trop brune, trop garçon manqué. Ensuite, Greta et moi avons continué à nous écrire. Elle s'est mariée avec Paul, richissime homme d'affaires français qui officiait dans le plastique, ou le pétrole, ou les deux. Greta s'est installée à Neuilly. J'étais la bonne copine un peu dingue qui mettait les pieds dans le plat aux dîners qu'elle organisait. Au fur et à mesure, ce qui nous faisait rire nous a rapprochées. Si notre amitié a perduré malgré nos différences, c'est aussi parce que nous nous sommes connues avant. Avant qu'elle soit riche. Un jour, Paul est mort dans un accident d'hélicoptère, la laissant à la tête d'une fortune apparemment inépuisable. Elle ne s'en est jamais remise, décidant que Paul serait le seul homme de sa vie, et son chien, Prune, l'unique compagnon de son quotidien.

Je me gare devant son immeuble, monte à pied jusqu'au troisième étage et sonne.

Greta m'ouvre la porte. Qu'elle est belle ! Et élégante ! C'est ce que je me dis chaque fois que je la vois, et je la vois souvent.

« Fais pas attention au désordre. J'ai pas eu le temps aujourd'hui. »

Greta ne fait rien de ses journées mais est toujours débordée. C'est sa marque de fabrique.

« Ah oui ! Tu as fait quoi ?

— J'ai changé les meubles de place. J'ai déniché à Londres, dans une petite boutique vintage, un canapé marron glacé, qui m'a coûté un bras entre parenthèses, mais je n'ai pas pu résister. Ils vont me le livrer la semaine prochaine et je fais des essais pour voir où je vais le placer. Là sous la fenêtre, ce serait pas mal, non ?

— Mouais. Et celui-là, t'en fais quoi ?

— Leboncoin, ma chérie, Leboncoin. Je viens de découvrir ce site, j'adore… Je vais refaire tout l'appart. Alors ça y est, tu l'as enfin largué, ce minable ?

— N'exagère pas, non plus.

— Oh ça va, tu perdais ton temps et on n'en a plus tant que ça. La vie est courte, alors champagne et *next*.

— "Je viens de te payer en liquide." On ne me l'avait jamais faite, celle-là. Le pire, c'est que quand j'ai reçu le texto, ma première réaction a été de me marrer. Ce n'est que dans un second temps que je me suis aperçue de la goujaterie du mec. Faut le faire quand même.

— Ça ne m'étonne pas de toi. Tu te laisses toujours marcher sur les pieds.

— Non, pas du tout.

— Tu veux vraiment qu'on en parle ?

— Non. Sers-moi un jus de pomme, plutôt.

— Tu ne le regrettes pas, quand même ?

— Non, non, j'étais en train de me dire que si tu arrivais à vendre tes meubles sur Leboncoin, je devrais pouvoir trouver un mec sur Meetic.

— Un de perdu, mille de retrouvés. Inscris-toi fissa. Tu me raconteras.

— Ma mission de l'année : rencontrer un homme. J'en ai marre d'être seule. Il y a plein de nanas qui trouvent leur futur mari sur Internet. Pourquoi pas moi ?

— Oui, pourquoi pas ? Je sens qu'on va bien rigoler. N'oublie pas le plus important, Vanessa : *die Mysteriöse...* Le mystère. »

Greta me dit toujours que je suis trop franche, pas assez énigmatique. Que je montre tout, trop tôt, trop vite. Alors une fois, j'ai essayé le coup du mystère. Pour voir.

Février 2012. Éric m'est présenté par un couple d'amis à l'un de mes dîners. Quand j'en faisais. Ce soir-là, j'ai décidé d'être parfaite. Je m'apprête à jouer un vrai rôle de composition, celui d'une Vanessa impeccable, à l'intérieur comme à l'extérieur. Une robe s'impose. Je la veux sobre mais bien coupée. Une robe qu'on a envie d'enlever. Jolies chaussures. Un seul bijou. Des boucles d'oreilles. Foie gras. Poulet aux herbes thaïes. Île flottante. Je passe toute la soirée à servir les plats : « Tu veux qu'on t'aide ? — Non, pas question, vous êtes mes invités. » Grand et massif, le rapport pommettes-nez est parfait, il me plaît. Je l'écoute quand il me parle, et d'ailleurs, je ne fais que ça, l'écouter, je le regarde droit dans les yeux mais je sais aussi les baisser quand il le faut. Le plus dur, c'est le rire. Extrêmement difficile pour moi de faire sortir de ma gorge un gloussement gracieux et désinvolte. Mon rire est puissant et très affirmé. Du genre que l'on écrit « Ha ha ha » et non pas « Hi hi hi ». Je ne dis pas ce que je pense sur les sujets politiques ou sociaux abordés. J'affiche l'air concentré de celle qui réfléchit ou y a réfléchi mais je ne donne jamais mon avis, ne prenant pas le risque de dire des bêtises. « Tu veux qu'on t'aide ? — Certainement pas. J'aurai tout le temps de nettoyer quand vous serez partis. Ne vous en faites pas, ça me détend. » (Première nouvelle.) J'élude toutes les questions, surtout les personnelles. *Der myster...* Merci, Greta.

Après-café servi dans le salon, petits gâteaux (c'est moi qui les ai faits), détente sur le canapé, tout le monde s'en va. Éric me jette un dernier regard, ne m'embrasse pas (c'est un signe) et rejoint les autres. Je laisse tout en plan, évidemment, et je vais me coucher, pas démaquillée. Le lendemain, il m'appelle. Fasciné par ma mystérieuse élégance, il veut me revoir.

Ça dure quinze jours. Le temps pour lui de s'apercevoir que j'oublie souvent de mettre ma main devant la bouche quand je tousse et je tousse beaucoup. Que je remonte mon pantalon toutes les deux secondes. Qu'au-delà de huit centimètres de talon, je me tords les pieds. Que je jure comme un charretier. Que quand je fume, je mets de la cendre partout. Que j'aime la charcuterie, l'ail et le camembert. Que j'adore manger avec les doigts. Que je raconte ma vie à qui veut bien l'entendre, dans les moindres détails, nos ébats compris. Que je ne supporte pas la station debout prolongée, alors je m'accroupis. N'importe où. Rue, trottoir, métro, hall de gare, de théâtre, cocktail. Ou je m'assois par terre. Que je ne suis pas une pro du ménage... Bref, il s'enfuit. Et moi, une fois de plus, je pleure.

J'ai tenté la pudeur, l'impudeur, la bombe sexuelle, la fille cool, la chieuse, la connasse. Rien ne marche. J'ai tout essayé, je crois. Tout sauf ce que je suis.

« La dernière fois que j'ai essayé le mystère, j'ai eu le cœur brisé.

— Je m'en souviens. Et pour le boulot, tu vas faire quoi ?

— Je finis mon préavis cette semaine, ensuite j'irai m'inscrire au chômage. J'ai envie de prendre un peu de temps pour moi. Réfléchir à ce que je pourrais bien faire. J'arrête l'assistanat. Ras-le-bol. Il est temps pour moi de trouver un sens à ma vie.

— Et ton livre, tu en es où ?

— Je l'ai envoyé à trois éditeurs. J'attends. J'y crois pas trop. On verra. »

Dernier jour de mon préavis chez Gérard Planton. Gérard, la soixantaine fringante, un corps athlétique (il fait deux heures de musculation par jour), est un des acteurs les plus populaires de notre pays. Il est le flic incorruptible, invincible et bougon de la série télévisée *À cran* dont la mort à la fin de la vingtième saison a fait pleurer la ménagère de tous les foyers de France. Je travaille chez lui depuis vingt ans. Le temps pour moi d'élever mes enfants sans trop me poser de questions. Gérard m'a licenciée par nécessité. Il doit actuellement se recentrer pour s'extraire de ce rôle qui lui colle à la peau et se ressourcer en vue de donner un nouveau souffle à sa carrière. Il largue les amarres pour un tour du monde d'un an avec son épouse. Je repars de mon côté avec un chèque en poche, des promesses de ne pas nous perdre de vue et l'illusion d'un avenir que j'envisage des plus heureux. Avant de rentrer chez moi et d'entamer ma seconde journée, celle de maman, je cours à ma séance de psy. En voiture.

« J'ai l'air en forme comme ça, mais ça ne va pas du tout en fait. Vous savez ce qu'elle a osé me dire ?
— Elle ?
— La femme de Gérard. Qu'elle était choquée par le montant phénoménal de mes indemnités de licenciement. Après toutes ces années de bons et loyaux services. Douze mille euros. Phénoménal ?! J'ai eu beau lui expliquer que ça comprenait mon salaire du mois passé, mes congés payés et les indemnités, rien n'y a fait. Elle arpentait la pièce en sifflant entre ses dents : "Inouï, absolument inouï. On marche sur la tête en France." Et vous savez le pire ? C'est que j'étais tellement estomaquée et mal à l'aise que je lui ai proposé de rogner sur les congés payés. Et devinez quoi, elle a accepté.
— Pourquoi ?
— Pourquoi quoi ?
— Pourquoi avez-vous proposé cela ?
— Je ne sais pas. »
Silence.
Qui dure.
« Dites…
— Je ne sais pas quoi dire…
— Dites ce qui vous vient. »
Nouveau silence. J'ai tellement honte d'être aussi faible et lâche.
« J'en ai marre d'être deux personnes à la fois. La Vanessa qui se prend pour Miss Monde, grande

gueule et fonceuse. C'est pas moi qui le dis... Enfin si, mais je l'entends souvent à mon sujet. Et l'autre, la serpillière, qui s'écrase comme une merde, qui compatit parce que MES indemnités que je n'ai pas volées sont trop élevées et qui, en plus, courbe l'échine jusqu'à lécher la moquette, jusqu'à proposer de lui faire économiser quelques euros sur de l'argent qui m'est dû. Comme si j'avais les moyens. Pour qui je me prends ? Je disais Miss Monde, pas du tout. Là, c'est plutôt la reine d'Angleterre. Je suis tellement en colère après moi. Je me trouve pathétique.

— Qu'auriez-vous voulu dire ?

— "Va te faire foutre." Voilà, ce que j'aurais aimé être capable de dire, tellement je me suis sentie humiliée. »

Encore un silence.

Soupir :

« Oui, je sais. Il serait temps que j'apprenne à dire ce que je pense sans grossièreté, sans m'énerver, que j'apprenne à aller au conflit. Dignement. Sans colère. Mais la colère m'aide à vivre aussi. Elle est un formidable moteur. C'est elle qui va me permettre de donner un sens à ma vie. C'est grâce à elle que j'en suis là aujourd'hui.

— Et vous en êtes où ?

— Nulle part mais la colère m'est indispensable pour ne jamais lâcher l'affaire.

— Parfait. Il est temps que j'augmente le prix de nos séances. Ce sera cinquante euros à partir de maintenant. À lundi. »

J'ai su très tôt que je n'étais pas faite pour travailler en entreprise. Rentabilité, rendement, résultats. Incompatible avec une fille qui n'en fait qu'à sa tête et qui flemmarde à longueur de temps. Pas drôle, trop sérieux. Je voulais être reconnue à défaut d'être célèbre, et mes choix se sont naturellement orientés vers une carrière artistique. J'ai commencé par vouloir être actrice. J'avais quinze ans. J'ai fait du théâtre.

Comme à quinze ans on n'a peur de rien, c'est sûre de moi et prête à soulever des montagnes que j'arpentais la scène. J'adorais ça. M'exhiber me transportait, me défouler en public m'apaisait. Mon professeur de théâtre est mort pendant l'été, cette année-là. J'ai eu du mal à m'en remettre et j'ai passé quelques années à digérer. Quand, à dix-huit ans, j'ai enfin fait mon deuil, je me suis inscrite ailleurs. Entre-temps, le trac avait gagné. Tétanisée, complexée, incapable de m'extraire de moi, je ne pouvais plus jouer. J'ai abandonné.

Les petits boulots se sont enchaînés, souvent en

lien avec la télévision, le théâtre, le cinéma. Jusqu'à l'arrivée de Tess, où j'ai ressenti le besoin de me stabiliser. Par hasard, on m'a proposé de devenir l'assistante personnelle d'un artiste, et j'ai accepté.

J'ai pénétré un autre monde. Celui des paillettes, du glamour, du pouvoir conféré par la célébrité et de l'aplomb donné par l'argent. L'aplomb des riches.

Je me souviens d'une recommandation qui m'a été faite quand j'ai commencé : « Ne fais pas dans l'affectif sinon tu es morte. » Quel conseil à la con. Il est parfaitement impossible d'être secrétaire particulière sans être affectivement liée à la personne pour laquelle on travaille. On vit chez ses employeurs, au milieu du salon et des autres membres de la famille. On sait tout de leur intimité, des livres qu'ils lisent à la fréquence de leurs rapports sexuels, on voit toutes leurs manies, on sent tout : les enjeux, les mensonges, les dénis, les déceptions, les non-dits.

Même si on s'en défend, on les aime. Pour de vrai. Et au fil des années, de plus en plus. On les déteste aussi. Ils nous horripilent autant qu'ils nous inspirent du respect. On est comme une famille finalement. À un détail près : dans sa famille, on peut dire « Vous me faites chier » à ses parents. Ou tout simplement : « Hors de question. » Là, on ne peut pas. On ne veut pas se faire virer alors on ne les contredit jamais et si on n'est pas d'accord, on se tait. Comme on ne dit rien, on leur laisse croire qu'ils sont parfaits. Ça s'appelle un travail. Pour lequel on perçoit un salaire.

Grâce à eux, j'ai passé des moments extraordinaires. J'ai vu de belles maisons, des endroits magiques, rêvés et quasi inaccessibles. Ils m'ont régulièrement invitée en vacances, pour me faire plaisir, pour me faire profiter de ce que, sans eux, je n'aurais jamais connu. J'ai accepté toutes les invitations. Pour ne pas me sentir trop redevable, je me disais deux choses : 1) que ça leur faisait plaisir autant qu'à moi, c'est le principe du cadeau ; 2) que je serais toujours et définitivement pour le partage des richesses.

Ils n'étaient pas de vulgaires patrons du CAC 40, ni des parvenus ni des rentiers, mais des êtres sensibles qui avaient réussi grâce à leur art. Entre êtres sensibles, on se comprenait, alors j'ai passé le plus clair de mon temps de travail à les écouter et à les rasséréner. Même lorsqu'ils s'excusaient d'avoir plus d'argent que moi, je les rassurais. Avec une patience infinie, j'ai entendu les doutes, les peines, les joies qui, somme toute, n'étaient pas très éloignés des miens. Je pouvais donc compatir en toute sincérité. Face à la douleur, au chagrin, à la mort d'un être cher, nous sommes tous égaux. Et seuls. Et puis chez eux on n'était pas à l'usine ou sous les ordres d'un petit chef. On était dans une grande famille. On me l'a si souvent répété.

Ils ont toujours pensé que c'était une chance pour

moi de travailler pour eux. Ils me gratifiaient de compliments, me répétaient à quel point je tapais vite à la machine, s'émerveillaient de ma capacité à réserver un billet de train ou à sortir le chien et de la rapidité avec laquelle je comprenais ce qu'ils me disaient. On m'a fréquemment dit que j'étais très intelligente, ce qui a fini par me vexer. Si j'étais si intelligente que ça, je n'aurais pas été là à m'occuper de leurs affaires, mais plutôt ailleurs à m'occuper des miennes. Pourquoi me flattaient-ils ? Pour me maintenir à ma place ? Pour atténuer mon éventuel sentiment d'infériorité (que je n'éprouvais pas) ? Pour reléguer la lutte des classes à un mauvais souvenir ? Dans tous les cas, j'étais vexée.

J'avais parfois l'impression d'avoir deux vies. La normale et la glamour par procuration.

J'ai toujours préféré mon existence à la leur. Je ne les ai jamais enviés et je n'ai jamais voulu être à leur place. Mon narcissisme m'y a bien aidée. C'est le secret pour supporter sans aigreur ni jalousie l'argent, le talent, le succès. Des autres.

Deux problèmes avec ce job. Le premier, c'était quand je devais demander une augmentation alors que je connaissais l'état de leurs comptes, dépenses et perspectives de revenus sur le long terme mieux qu'eux-mêmes. Même si pour eux l'argent n'avait pas d'importance. C'est vulgaire, le pognon. Ça ne les intéresse pas, ces gens-là. Sauf quand il n'y en a plus.

Le second, c'était que je me surprenais parfois à perdre totalement le sens des réalités. Le jour où je me suis entendue dire à une copine du même niveau social que moi : « Oh, dix mille, c'est pas cher », s'agissant d'une lampe, j'ai réalisé que j'avais perdu pied et qu'il était temps de redescendre dans la vraie vie. La mienne, tout simplement.

« On mange quoi, ce soir ? »

Invariablement, Matthieu me pose la question. Qu'il soit 14 heures ou 18 heures, que je sois à la maison ou ailleurs. Paris est embouteillé, je suis crevée. Et j'ai la flemme de faire la cuisine. Comme d'habitude.

« McDo.

— Sérieux ? Trop cool. C'est Dimitri qui va être content.

— Dimitri ???

— Mon ami imaginaire.

— Tu as faim au point de t'inventer un ami ? Quel menu ?

— Comme d'habitude mais prends aussi des nuggets pour Dimitri. »

Matthieu a dix-sept ans. Et voilà le genre de conversations que nous avons quasi exclusivement depuis quelque temps. Quand je pense qu'il vient à peine d'entrer dans l'adolescence et que j'en ai encore pour quelques années, j'ai envie de me sauver. Matthieu ignore le sens des mots « ranger » et «travailler», joue à des jeux vidéo en ligne, refuse de se faire à manger. Contrairement à sa sœur, il ne boit pas et ne fume pas. C'est déjà ça. Il ne se drogue pas non plus. C'est bien simple, il ne fait rien ; déconnecté de toute contrainte ménagère ou lycéenne, il en deviendrait presque poétique.

Enfin, ça, c'est un regard de mère sur son fils parce qu'à mon avis, ma future belle-fille, elle, va me détester. Même si visiblement, je l'ai très mal élevé, c'est mon petit gars à moi. Parce qu'il est gentil, parce qu'il est intelligent, parce qu'il est drôle, parce qu'il est touchant lorsqu'il se fait du souci pour sa maman. Je voudrais qu'il ne s'inquiète jamais, et surtout pas pour moi.

Premier jour du reste de ma nouvelle vie. C'est maintenant ou jamais que je dois prendre les choses en main.

J'établis la liste de mes priorités :

1) Aller à Pôle emploi (cet après-midi) ;

2) Trouver un sens à ma vie ;

3) M'inscrire sur un site de rencontres ;

4) Trouver un mec super (utopie ?) ;

5) Aller bien (c'est pas gagné et dépend totalement du point 4) ;

6) M'astreindre à faire la cuisine pour garder le sens des réalités ;

7) *Idem* pour le ménage ;

8) Ne pas dépenser l'argent que je n'ai pas (pas encore) ;

9) Faire du sport ;

10) Me laver tous les jours ;

11) Me maquiller un peu plus souvent (indispensable pour réaliser le point 4) ;

12) M'occuper de ma santé.

Je pousse la porte de l'antenne Seine-Saint-Denis. Je tends mon CV.

Sous ma photo, la mention «Secrétaire». En très grosses lettres bleues.

«Vanessa Poulemploi ? C'est un pseudo ?

— Vous croyez vraiment que si j'avais pris un pseudo, ce serait celui-là ?

— C'est donc votre vrai nom... ? »

Craignant d'être triviale, je préfère ne pas répondre. On se moque de mon nom depuis que je suis née et la fusion de l'ANPE et des Assédic en 2008 n'a pas arrangé les choses.

Mon conseiller poursuit la lecture de mon *curriculum vitae*.

Secrétaire, certes, mais pas de n'importe qui. Il est tout émoustillé. C'est dingue, à chaque fois, ça produit le même effet. Ça me met mal à l'aise. Alors je minimise : « Vous savez, mon job, c'est les papiers. Je trie et classe, j'établis les chèques, je vérifie les factures à payer, les rentrées d'argent à venir, je prends les billets d'avion et j'organise leurs vacances bien méritées. C'est du secrétariat, quoi. Rien de folichon. »

Mais épaté par le nom des artistes avec lesquels j'ai travaillé, il veut en savoir plus :

«Gérard Planton ! Incroyable ! Il est comment, en vrai ? Et Jean Valmont, il fait vraiment du social comme dans ses livres ? »

Je réponds de façon détachée.

« Alors, vu votre parcours, c'est pas nous qui allons vous trouver du travail. Faites jouer votre réseau. Nous referons le point dans six mois. »

Grâce à mon travail, j'ai fait des rencontres magnifiques avec des gens éminemment intéressants. L'élite et la fierté de la France qui discutaient des problèmes du monde entre une assiette d'asperges vertes et un risotto à l'encre de seiche, que j'écoutais fascinée et consciente du privilège qui m'était accordé. J'ai eu l'immense honneur d'assister à des joutes verbales mémorables tout en me taisant et espérant secrètement pouvoir en faire autant un jour ou l'autre.

Je rêvais de prendre la parole dans une saillie pleine d'esprit pour me faire remarquer. Ça n'est pas arrivé. D'une part parce qu'on ne m'a jamais demandé mon avis et d'autre part parce que même dans le cas contraire, je n'aurais jamais osé le donner, préférant laisser la parole aux professionnels de la pensée sans prendre le risque de passer pour une cruche. Je suis donc toujours restée à ma place. Transparente.

J'explique à mon conseiller que je ne me vois pas du tout appeler Élie Wiesel pour lui demander du travail.

Alors le réseau…

De retour à la maison et finalement bien décidée à chercher du travail auprès de tous mes contacts, je vois que j'ai reçu un mail de Guillaume Complain, un grand éditeur parisien auquel j'ai envoyé, il y a trois mois, le manuscrit de *Tritox*, l'histoire que j'écris depuis plusieurs années. Il l'a lu et souhaite me rencontrer. Je dois appeler sa secrétaire pour fixer un rendez-vous à ma convenance. Je relis le mail une bonne dizaine de fois avant de décrocher mon téléphone. Rendez-vous est pris pour le lendemain, 10 heures.

Marie et Greta hurlent de joie. Je consulte tout mon répertoire pour colporter la bonne nouvelle. J'appelle tous ceux qui de près ou de loin ont suivi mon opération plumitive. Environ deux cents appels plus tard, je vais me coucher. Je ne dors pas de la nuit.

Je ne sens plus mon corps, mes mains tremblent, mes pieds ne marchent plus, ils volent vers mon nouveau destin. Ma tête ne passe pas la porte lorsque j'arrive chez l'éditeur.

« Bonjour, Vanessa. J'ai lu *Tritox*. Très bon titre. Votre livre m'a touché. Je vous avoue que lorsqu'on m'a dit que le sujet portait sur une famille tribale et toxique, j'ai eu un peu peur. Mais c'est cruel et drôle. J'aimerais le publier assez rapidement, si vous êtes d'accord. Bon, il y a cependant pas mal de corrections à apporter. Pensez-vous pouvoir me les faire d'ici deux mois ?

— Oui, oui. »

Il ne le sait pas mais je ferai tout ce qu'il veut, j'accepterai tout sans restriction et gratuitement, tellement je n'en reviens pas.

« Vous ne serez pas toute seule, Eugène ici présent va vous aider à améliorer tout ça. »

Je m'imagine déjà chez Ruquier. Je mettrai mes escarpins, ils filment toujours les pieds. Je soignerai ma tenue. Je visualise mon placard. Une session shopping s'impose. Pantalon noir, talons très hauts, attention à la marche, je dois investir dans un haut à la fois rock et sexy mais pas vulgaire et je casserai l'effet sophistiqué avec le blouson en jean qui ne me quitte jamais. Je m'aspergerai de mon parfum préféré (celui au citron qui me met toujours de bonne humeur), mais pas trop pour ne pas indisposer les autres invités. Je dois aussi laisser pousser mes cheveux. D'ici-là, ils auront bien pris cinq centimètres. Je suis la seule femme invitée sur le plateau et donc au centre de l'attention. Entourée de Gérard Depardieu (mon acteur préféré), Mads Mikkelsen (mon fantasme) et Jean-Claude Van Damme (que je suis la seule à comprendre apparemment), je fais face à Fabrice Luchini (mon idole) et aux deux chroniqueurs (même pas peur). Si je n'étais pas si raisonnable, j'envisagerais la présence de Sheldon Cooper mais Sheldon n'existe pas, il est juste le héros de ma série préférée et je n'aime pas me faire des films pour rien. Tous les invités ont lu et aimé mon livre mais c'est Jean-Claude Van Damme qui en parle le mieux.

Je trouve des réponses subtiles à toutes les questions. Je parle humblement du dangereux vertige éprouvé lors de l'écriture de mon livre et des larmes qui ont coulé quand je me suis replongée dans mon passé. Je souris, quoi qu'on me dise. Je défends mon roman. Je suis formidable.

J'y crois à mort. Imperceptiblement, je glisse vers la phase supérieure de mes illusions. Être éditée ne me suffit déjà plus, mon livre doit avoir du succès.

« Vanessa ? Je vous propose une avance de sept mille euros. Vanessa ?
— Pardon. Vous disiez ?
— Une avance de sept mille euros, cinquante pour cent à la signature du contrat, cinquante pour cent à la parution du livre. Ça vous convient ?
— Mais non, c'est beaucoup trop... »

« C'est dingue. Incroyable, non ? Je suis virée et la même semaine, j'apprends que je vais être publiée. Si ce n'est pas un signe du destin, ça, je me demande bien ce que c'est. J'avais raison d'y croire. Je vous ai longtemps dit que "Je vais y arriver" était ma phrase préférée, eh ben, j'y suis. J'y suis arrivée. Ça m'épate. Et vous verrez, ça va cartonner. J'en suis sûre.

— Moui.

— Par contre, j'ai pas mal de corrections à apporter. Les pages dont j'étais si fière, celles que j'avais écrites quand je me prenais pour Céline, celles où je crache toute ma colère contre mon père, l'éditeur n'en veut pas. Il veut que je recentre le récit sur ma mère, d'après lui, il est là, l'intérêt du livre. Franchement, ma mère, elle m'agace, mais je n'ai pas grand-chose à en dire.

— En êtes-vous sûre ?

— Ben oui. À part ça…

— À part ça ?

— Si je ne veux pas finir vieille fille, il est impératif que j'élargisse le champ des possibles. Je vais me taper des moches. Il y en a plein, en plus.

— Ah. Et vous comptez vous y prendre comment ?

— Je vais m'inscrire sur Internet, même si c'est un peu risqué.

— Risqué ?

— Si je deviens célèbre avec mon livre, il n'est pas question que je m'affiche sur la Toile. Vous imaginez Beyoncé sur un site de rencontres ? Ce serait pathétique… Je vais le faire quand même, mais bon…»

Silence.

«Dites…

— Mon problème avec les hommes n'est pas d'en trouver un. Y en a plein, des hommes. C'est juste que, depuis le début, je fais tout à l'envers. Premièrement, je n'ai jamais eu pour ambition d'être épousée ou d'avoir des enfants. Je n'y pensais tout simplement pas. Je rêvais d'un boulot cool avec des gens marrants, de trouver le moyen d'exprimer ce que j'avais à dire. Dire quoi, d'ailleurs ? Je ne sais pas. Je voulais vibrer, rêver, souffrir, être exaltée, me sentir vivante, désirer, être désirée, ne jamais renoncer, ne pas être confrontée au principe de réalité, avoir la sensation de vivre l'unique, puis souffrir encore, être émue aux larmes et recommencer. Au même moment, mes copines faisaient des projets bien différents. Rencontrer l'homme de leur vie.

Celui avec lequel elles pourraient construire, acheter un joli appartement et faire des enfants. Deux. Parce que deux, c'est mieux.

— Deux. Comme vous.

— Oh, ça va... Oui, comme moi. Elles cherchaient l'homme avec lequel elles envisageaient de vieillir. Guidée par l'envie de m'amuser et d'avoir une vie pleine de rebondissements, j'ai papillonné tandis qu'elles se casaient. Elles sont heureuses, enfin je crois. Moi, à part François, je n'ai connu que des zinzins.

— Développez.

— Ah ben, ça c'est pas un problème. Il y a eu l'homme qui ne portait que des strings en cachemire. Que je lui tricotais avec amour. Celui qui avait tatoué sur son torse le dessin de son chien avec nom, date de naissance et date de mort. Celui qui cousait des étiquettes à son nom sur ses vêtements avant de partir en vacances. "On n'est jamais assez prudent", il disait. Celui qui s'entraînait tous les dimanches pour ses concours de sosie – il ressemblait à Jean Marais – et qui jouait Fantômas jusque dans mon lit avec son masque au concombre sur la tronche. Celui, dans ma période cougar, qui me réveillait la nuit en proie à une envie subite de recréer *L'Origine du monde* et qui me faisait garder la pose pendant des heures. Un schizophrène qui voulait que je sois le fourreau de son épée. Celui qui buvait dès 10 heures du matin et vomissait le soir dans la

salle de bains. Celui qui a fondu en larmes au restaurant, entrée, plat, dessert en pleurant parce que Claude Berri était mort... "Mais, tu le connaissais ? — Non, pas du tout..." Et entre deux hoquets : "Tu te rends compte ? Saloperie de vie !" Celui qui avait fait faire les housses des coussins de son canapé avec le vison de sa mère décédée. Un fétichiste qui adorait me mettre du vernis à ongles sur les pieds. Il y a eu ce psy, aussi. Fascinée par sa grande intelligence, ce n'est que quand il a crié "Maman" au moment de l'orgasme que, tombant des nues, je suis aussi tombée de ma chaise. Rétrospectivement, j'ai bien ri. Je voulais du fun. J'ai été servie. Aujourd'hui, je veux autre chose. Mais quoi ?
— Oui, quoi ?
— Je veux deux choses, en fait : l'amour, celui qui dure, et trouver un sens à ma vie.
— Rien que ça ?
— Non. J'en ai marre de m'appeler Poulemploi... Je veux me marier. Pour changer de nom. »

Aux grands projets les grands moyens. Ne jamais remettre au lendemain ce que l'on peut faire le jour même. J'allume mon ordinateur. Il va me falloir un pseudo. Missbouclettes fera l'affaire.

« Femme. 50 ans. Aimant les balades en forêt, les couchers de soleil et les soirées entre amis, cherche un homme de mon âge, attentionné, valorisant le partage et la simplicité pour une relation authentique et harmonieuse parce que : "Le bonheur, ce n'est pas d'avoir ce que l'on désire, mais d'apprécier ce que l'on a." »
Tout le contraire de moi.

« Femme 50 ans, aimant manger, rire et baiser, cherche un homme de mon âge, drôle, qui n'utiliserait pas l'expression "Faire des câlins" et qui saurait me faire rêver en me disant des cochonneries au petit déjeuner. »
Trop direct.

« Femme – 50 ans – pas trop mal conservée. Peu coquette, je privilégie l'intérieur à l'extérieur. D'ailleurs, je ne sors jamais. Je préfère lire de la philosophie. Je me pose beaucoup de questions et j'ai de grandes ambitions que je ne partage qu'avec moi-même.

J'aime les rébus, charades et calembours. Je déteste la vulgarité et la grossièreté. C'est avec beaucoup de réserves que je m'inscris pour la première fois de ma vie ici. Ah oui, j'oubliais, la faute d'orthographe est rédhibitoire.

J'attends d'un homme qu'il… (Si seulement je le savais… Faisons simple.) Qu'il soit drôle, intelligent, dynamique, séduisant. Qu'il soit mon prince charmant. »

Normalement, là, j'ai élagué. Je devrais me choper le haut du panier.

Je mets en ligne. Il est 11 h 29.

14 heures : rendez-vous chez mon gynéco. Une vraie bombe. Je mets mon cuir. Pourtant, il n'y a rien à espérer. Il est marié, père de trois enfants en bas âge et, surtout, il a accès aux parties les plus intimes de mon anatomie, qu'il observe avec le professionnalisme et le savoir-faire d'un plombier.

« Mademoiselle, vous avez deux fibromes dont l'un a la taille d'une balle de tennis. Il faut les enlever. Rien de grave, pas d'inquiétude. Asseyez-vous. Deux méthodes : une césarienne, j'enlève les fibromes, je referme, vous avez une cicatrice et vous n'êtes pas sûre de ne pas en développer de nouveaux d'ici un an ; ou alors une hystérectomie : je passe par la voie interne, vaginale si vous préférez, je détache l'utérus et les fibromes de la vessie, des ovaires, des trompes, et je ressors le tout par où je suis entré… Vingt minutes d'intervention, cinq jours d'hospitalisation et trois semaines de repos. »

On y est vraiment, là, dans la plomberie. Aucun affect. Il parle de mon sexe, quand même. Pour lui, on dirait que c'est juste un évier bouché.

« Une fois l'utérus retiré, on recoud la paroi ni vu ni connu, et vous êtes tranquille à vie. »

Ça se bouscule dans ma tête. Je m'en fiche d'avoir un utérus. Il ne me sert plus à rien. Mais une cicatrice, hors de question. J'ai échappé à la césarienne et à l'épisiotomie quand j'ai accouché, pas question d'avoir le ventre coupé en deux sur le tard. Va pour l'hystérectomie.

« J'aimerais que vous preniez rendez-vous avec l'anesthésiste très rapidement. Dès demain, en fait. Si c'est possible pour vous.

— Oui, oui, je n'ai que ça à faire de toute façon. Mais, docteur, pour la ménopause, est-ce que ça va accélérer le processus ?

— Pas du tout. Vous gardez vos ovaires. Donc ça ne change rien de ce point de vue. Vous ne serez plus réglée, c'est tout.

— Ah. Dites, docteur, quelqu'un m'a dit un jour que le chakra de l'énergie sexuelle se logeait dans l'utérus… »

Il me regarde par-dessus ses lunettes, les sourcils arqués jusqu'à la naissance de ses cheveux. Il est consterné.

« Je veux dire que… Le chakra du sexe, une fois qu'il n'aura plus de maison pour s'abriter, il va aller où ? Dans mon cœur ? Dans mon ventre ? Dans mes pieds ? »

Faisant pivoter son fauteuil, il se retourne pour attraper une ordonnance. Je n'insiste pas.

« J'aimerais vous opérer la semaine prochaine. Voyez le planning avec ma secrétaire. »

Ça s'est passé si vite. C'est pas si mal, au final. Plus de risque de cancer et je vais pouvoir faire ce que je veux, quand je veux, où je veux. Sans avoir à laver les draps. Elle est pas belle, la vie ?

En sortant, j'appelle Greta.

« Allô, Greta ?

— Oui, ma chérie.

— Tu t'es fait enlever l'utérus, toi aussi…

— Il y a vingt-cinq ans, oui.

— Ça a changé des trucs dans ta vie ?

— Tu veux dire à part m'empêcher d'avoir des enfants ?

— Oh, arrête, tu m'as comprise. Dans ta vie intime, quoi. Libido, désir, plaisir, t'en as pas eu moins ?

— Non, pas du tout.

— Ok. Merci. Salut, ma poule. »

19 heures : quel succès, soixante-sept demandes de photos et un mail de Vlad42.

« Bonjour. Je suis un commercial passionné par la musique, la littérature et la philosophie ; j'ai une vie hors norme, sans complexes, je désire rencontrer une femme drôle, intelligente et sensuelle pour une relation de grande qualité. Est-ce vous ?
À bientôt peut-être. V. »

« Bonjour. Je vous le confirme, c'est bien moi. C'est quoi, une vie hors norme ?
— Je ne suis pas un homme classique.
— C'est quoi, un homme classique ? Vous vivez chez vos parents ? »
Il enchaîne :
« Alors, à Paris, on s'ennuie comme ailleurs, en fait ?
— Oui. Vous êtes où ?
— Saint-Étienne.
— Saint-Étienne ???

— Si un jour l'envie vous prend de passer par ici, je vous accueille bien volontiers. »

Il ne va pas un peu vite, là ?

« Pourquoi pas…

— C'est pas très grand, ici. Je dormirai dans la baignoire.

— Avec plaisir.

— Vous n'êtes pas obligée d'accepter.

— C'est tellement beau, un homme dans une baignoire. Vladimir, c'est ça ?

— Enchanté. Et vous ?

— Moi, c'est Vanessa. »

Vladimir… Dostoïevski, Tchekhov, Boulgakov, le cuir de Russie, Anna Karénine, l'alphabet cyrillique, les *zakouski*, le caviar, le Bolchoï… Mon imagination s'envole. Vlad42, vous me plaisez déjà…

Rendez-vous chez l'anesthésiste.

« Vous avez choisi quelle méthode ? Césarienne ?

— Non, voie interne.

— Je vais vous examiner. Déshabillez-vous. »

Il me pèse. La bonne nouvelle, c'est que j'ai perdu cinq kilos, la mauvaise c'est que, n'ayant pas prévu de me mettre nue pour un examen aussi banal, j'ai oublié d'enfiler une culotte. C'est donc dans le plus simple appareil que je m'allonge sur sa table.

« Je suis très gênée mais...

— Ne vous inquiétez pas, j'ai l'habitude. »

Il prend ma tension, écoute mon cœur, palpe mon ventre.

« Vous fumez ?

— Oui.

— On va faire une péridurale alors. Je ne vais pas prendre de risques avec une générale. Asseyez-vous, face à moi. Ouvrez la bouche. »

Je m'exécute. J'ai beau avoir maigri, mon ventre est bien gras.

« Dites-moi, docteur, vous vous y connaissez en liposuccion ?

— Bien sûr, on ne fait même que ça, ici, les accouchements et l'esthétique.

— C'est-à-dire ?

— Chirurgie des lèvres, de l'hymen, du ventre…

— Les lèvres ?! Pas celles de la bouche, je suppose. »

Il rit.

« Oui, oui, en ce moment, j'en anesthésie tous les jours. C'est l'intervention la plus pratiquée.

— Mais elles ont quel âge ?

— Tous les âges, jeunes, moins jeunes, plus vieilles et même carrément très vieilles. Elles veulent toutes avoir le sexe d'une jeune fille. En bouton de rose, si vous préférez.

— Comme dans les films porno, quoi ?

— Je ne sais pas. »

Menteur.

« C'est leurs hommes qui leur demandent ça ?

— Pas forcément. Beaucoup sont complexées.

— De quoi ? En parlant de complexes, j'ai besoin d'un conseil. Vous voyez mon ventre. Qu'est-ce que vous en pensez ? »

Il regarde, pince la graisse avec deux doigts et la délicatesse d'un légiste, soupèse le petit paquet de chair, repince à un autre endroit.

« Vous, à mon avis, c'est pas une lipo qu'il vous

faut. Vous n'avez pas un gros ventre, vous avez une grosse peau. »

Dit comme ça, ça me dégoûte.

« Regardez, quand je pince, vous voyez, il y a bien quatre centimètres de gras dans mes doigts. Vous avez une grosse peau. »

J'ai envie de me pendre.

« Sachez que si vous souhaitez avoir recours à l'abdominoplastie, on vous ouvrira le ventre de là à là. Un bout de la cicatrice sera caché par la toison pubienne mais vous en aurez quand même une grande partie bien visible.

— Merci, docteur, je vais garder mes bourrelets.

— Vous avez raison. On vous opère quand déjà ?

— La semaine prochaine.

— Très bien. Je vous revois donc à ce moment-là. »

Je pars en oubliant de payer.

Conseil de Greta au téléphone :

« Fais des abdos.

— Non, ce n'est pas un manque d'abdos (tu parles, je n'ai jamais fait de sport), j'ai une grosse peau.

— Fais des abdos quand même. »

Après l'anesthésiste, Marie est la seule personne que j'aie envie de voir. Marie et moi, nous nous sommes rencontrées à la caisse du supermarché. Elle faisait ses courses, sa fille calée contre son ventre dans un porte-bébé, je faisais les miennes, Tess allongée dans sa petite poussette. Les sujets de conversation ne manquent pas quand on est une jeune maman. Pénibilité de l'accouchement, comparaison des nuits de nos enfants et de notre propre épuisement, doses des biberons, marques de lait, progrès ahurissants de nos bébés. Nous avons fini par découvrir que nous étions voisines et promis de nous revoir. Aujourd'hui nos filles ont vingt ans. Marie est la seule de mes amies à être toujours mariée. Elle est celle que j'appelle quand j'ai envie de douceur, quand j'ai besoin de me réconcilier avec mon quotidien. Marie est celle qui fait tout bien. Avec le sourire en plus. Dans sa maison, de l'huile essentielle brûle dans de jolis bols, une machine à coudre trône sur la table, des fleurs en kraft, cuir, tissus précieux dégoulinent sur les murs, entre deux nuanciers et dessins de la nouvelle collection haute couture qu'elle doit échantillonner. Marie fait son pain elle-même, mange bio, prépare gâteaux et confitures le week-end avec ses filles. Elle collectionne les bouts de vieux carrelages, les tessons de bouteilles, les cailloux en forme de cœur et les fioles d'épices pour donner des couleurs à sa maison, à sa vie. Parfois même, elle pleure devant la reproduction d'une statue de Giacometti. Je l'envie. Marie aime les visages qui vieillissent, les nez cassés, les cheveux poivre et sel des femmes, les corps un peu tordus et les lunettes d'Eva Joly. Marie adore mon nez. Selon elle, il est un des plus beaux au monde. Rien que pour ça, je l'aime. Parce que franchement, elle est bien la seule.

Je passe la voir dans sa jolie maison. Elle me propose un thé fumé que j'accepte. Bien évidemment, la théière et les tasses sont assorties et pleines de ce raffinement que seuls les Japonais maîtrisent. Bien entendu, elle me tend une assiette en biscuit mat et ivoire d'un artiste thaïlandais, chef-d'œuvre à elle toute seule, remplie de bonbons vietnamiens enrobés d'un joli papier de soie blanc qu'illustre un poisson graphiquement chinois. Marie ou l'art de vivre.

« Je suis dans ma période asiatique. Tu as vu comme c'est joli ? Ça m'a fait ma journée.

— C'est vrai que c'est beau. Je sors de chez l'anesthésiste. On m'opère la semaine prochaine. J'appréhende un peu.

— Ah bon ? J'en étais restée à Régis. J'ai loupé un truc, là.

— Je me fais virer l'utérus et c'est un peu urgent, en fait.

— Oh, mon Dieu ! ! ! Ma pauvre. Oh là là ! !

— Tout va bien. C'est rien. L'intervention dure vingt minutes et c'est réglé. C'est le cas de le dire.

— Non, mais ce n'est pas anodin. Tu ne pourras plus avoir d'enfants.

— Marie, tu es sérieuse là ?

— J'aurais l'impression d'être amputée, moi.

— N'importe quoi. Tu ferais un enfant, toi, là, maintenant, tout de suite, à notre âge ?

— Non, mais…

— Bon, ben, alors. Il est où le problème ? L'utérus, il sert qu'à ça.

— Je n'en ferais pas mais il y a une différence entre ne plus en vouloir et ne plus pouvoir en avoir.

— Symboliquement, tu veux dire ?

— Oui.

— Tu te fais vraiment chier pour rien. J'aurais trente ans… Mais là, à quarante-neuf, j'y vois aucun inconvénient. *Fuck* la symbolique.

— Tu as raison. Tu veux que je t'accompagne à l'hôpital ?

— Avec plaisir. Je reste cinq jours. Tu viendras me voir aussi ? Tu m'apporteras des nems. »

Pourquoi n'ai-je jamais rien à dire à mes mecs alors que je suis intarissable avec mes copines ? Parce qu'avec elles, on peut passer son temps à parler de mecs. C'est ce qu'on fait, d'ailleurs.

Pourquoi ce qui est si facile avec les amies devient subitement si compliqué avec les hommes ? Et si je préférais mes copines à mes mecs ? Et si j'étais une lesbienne refoulée ? Si c'était pour ça que ça ne marchait jamais ?

Marie, Greta et les autres... Toutes ces femmes qui m'entourent, à qui je parle, qui m'écoutent, qui, entre un coup de fil à l'une et un café pris avec l'autre, finissent par remplir mes journées et partager mon quotidien.

« Vous savez, j'ai passé ma vie à m'émanciper de mes parents, à faire en sorte de ne surtout pas leur ressembler. Depuis l'âge de deux ans. Je les refuse, les contredis, m'intéresse à ce qu'ils détestent, rejette les passions qui les animent et ne les écoute jamais. Le "Laissez-moi tranquille" a pris toute la place. Autonome et indépendante, coûte que coûte. À peine majeure, j'ai cherché du travail, quitté mes parents, trouvé un logement. Mes ambitions : avoir du *fun*, ne dépendre de personne et surtout pas d'un homme. Et trente ans plus tard, j'en suis toujours là. Ne dépendre de personne, n'avoir besoin de personne, n'être en manque de personne.

— Vous voulez parler de masturbation ? »

Manque, autonomie, masturbation, belle association d'idées.

« Nooon. J'aime trop la bite ! »

Ça m'a échappé.

« Trop... ? »

Alex est le seul homme de mon entourage amical. C'est lui que j'appelle quand j'ai besoin de conseils, quand j'ai besoin qu'on m'explique comment les hommes fonctionnent. Je devrais peut-être l'appeler un peu plus souvent...

Je le connais depuis plus de vingt ans. C'était l'époque où, ne voulant pas mourir idiote, j'essayais tout ce qui m'était proposé. Un article dans *Elle* parlait de cette pilule de l'amour qui cartonnait en Angleterre et qui débarquait en France. Je m'étais juré de la tester. Je m'en étais procuré une. Et c'était pour ce jour-là. La fête organisée par mes voisins du rez-de-chaussée était une bonne occasion.

J'étais en train de danser quand soudain les murs se sont écartés. La pièce devenait immense. Cool, ça me faisait encore plus de place pour me déhancher. J'ai viré le tee-shirt, et me suis mise à tourner, écartant les bras. Michael Jackson avait pris le contrôle de mon corps et c'était jouissif, je l'avoue. Seule sur la piste, tout le monde me regardait. Pourquoi ? J'ai allumé une cigarette. Incroyable, je sentais dans mes doigts la moindre petite fibre de filtre et de tabac. Complètement absorbée par cette nouvelle sensation, j'ai observé ma clope sans la fumer et ce que je ressentais dans mes mains était orgasmique. Puis un type est passé devant moi avec sa copine. Je me suis jetée sur lui pour lui dire à quel point il me plaisait. La fille s'est interposée. Qu'est-ce qu'elle foutait là ? Je l'ai poussée et je lui ai demandé de s'en aller car ce n'était pas à elle que je parlais mais à lui. Derrière moi, quelqu'un m'a pris le bras. J'ai frissonné et me suis retournée. Un géant noir, avec des dreadlocks jusqu'à la taille et un joint à la main, me tenait et me souriait. Pensant qu'il me draguait, je me suis collée à lui. Il m'a gentiment repoussée.

« Tu es défoncée. Qu'est-ce que tu as pris ?

— Un ecstasy.

— Ok. Tu es en pleine montée. Il faudrait te trouver un endroit qui te rassure.

— Chez moi, au troisième. »

La pièce était de plus en plus grande. Et les tableaux sur les murs s'ouvraient et se fermaient comme des volets. J'ai laissé Alex me ramener à la maison. Arrivés dans mon studio, il m'a ordonné de m'allonger sur mon lit et s'est assis à côté de moi.

« Une fois que le pic de la montée sera passé, ça ira mieux. Tu n'auras plus d'hallucinations et à ce moment et seulement à ce moment, nous redescendrons à la soirée. Si je te laisse toute seule en bas, tu vas finir par te faire péter la gueule. T'inquiète, tout va bien se passer. »

Je ne sais pas combien de temps nous avons attendu, moi sur mon lit tentant de comprendre pourquoi mon studio était soudain si spacieux et lui attendant patiemment que je redescende.

C'est ainsi qu'Alex est devenu mon garde du corps, ou plutôt le garde de mon corps, mais surtout mon meilleur ami, à la vie, à la mort. Il a mon âge. Marié depuis vingt-cinq ans avec Christine, il dit qu'il ne la quittera jamais, qu'il veut vieillir avec elle. C'est lui qui m'explique qu'être avec la même personne pendant des années et des années est une chose merveilleuse. Je ne le vois pas très souvent car il est en tournée la plupart du temps. Batteur d'un célèbre groupe anglais, la route et les hôtels du monde entier sont ses ports d'attache. Sa femme, celui où il pose l'ancre, sans jeu de mots déplacé.

Je ne dis pas tout à Alex. Avec lui, je trie les informations. Pour Régis, par exemple, il n'a jamais rien su. Il m'aurait tellement engueulée de coucher avec un mec marié que j'ai préféré lui cacher cette histoire. Je ne lui dirai pas non plus que, sur les conseils de Greta, demain je vais voir une chamane pour exorciser mon angoisse préopératoire.

J'entre dans une petite pièce sombre, au rez-de-chaussée d'un immeuble parisien. Une femme m'accueille, elle porte un poncho informe et bariolé, des petites chaussures plates à bride en velours brodé de fleurs. Ambiance Machu Picchu pour faire couleur locale. Une odeur d'encens rance flotte dans l'air et des pépiements d'oiseaux malmènent mes tympans. Avant de m'allonger sur le lit une place qui trône au milieu de la pièce, elle m'explique sa méthode :

« Je vais commencer par jouer du tambourin, ne vous inquiétez pas, les rythmes sont étranges, c'est ma façon à moi d'invoquer les esprits. Ça va durer un certain temps. Puis je vais vous toucher. Vous n'avez pas de problème avec ça ?

— Non, non, enfin ça dépend…

— Je vais vous toucher les bras, les chevilles et peut-être le ventre…

— Non, non, pas de problème.

— Parfois vous m'entendrez roter, parfois vous

m'entendrez cracher. Ne vous inquiétez pas, je ne vais pas cracher sur vous. (J'espère bien.) Je vais cracher dans ce petit bol juste là... Puis je reprendrai le tambourin, et au moment où je battrai le rythme très rapidement, cela indiquera la fin de la séance. Vous me suivez ?

— Oui, oui et moi, je fais quoi ?

— Rien. Vous vous relaxez, c'est tout. Et moi, je vous nettoie. »

Je m'étends sur le lit, elle prend son tambourin. Elle fait ses trucs bizarres. Et en effet, elle rote énormément. C'est du corps de cette femme que sort tout ce vacarme ? Incroyable. Et elle crache aussi beaucoup. Au bout de quarante-cinq minutes, le tambourin s'arrête. Elle me parle :

« Restez allongée. Je vais aller jeter le contenu du bol, tirer la chasse d'eau et à ce moment-là, vous pourrez vous lever et je vous exposerai la situation. »

Elle m'explique.

« Il vous manque un morceau. Depuis votre conception. Et ce morceau, c'est votre mère qui vous l'a volé. (C'est toujours de la faute des mères.) Ce morceau a la forme d'un croissant de lune. Un tout petit morceau de lune décroissante. Et ce petit morceau, c'est la féminité. Quand j'ai vu qu'il manquait, je suis allée le chercher et je vous l'ai remis à sa place. Ça devrait aller mieux maintenant. »

Demain, je rentre à l'hosto, et le morceau dont tu

parles, espèce de fada, on va me l'enlever. Je préfère en rire.

« Merci, madame. »

Je suis accablée. J'ai bien fait de ne rien dire à Alex.

Marie range mes petites affaires dans le placard de la chambre pendant que je me mets en pyjama. Je descends avec elle pour m'en griller une dernière sur le trottoir. Elle me fait la morale. Je l'embrasse, remonte, m'installe sur mon lit. Je suis seule dans la chambre et je m'y sens bien. Je vais pouvoir regarder plein de conneries à la télé sans culpabiliser, me faire chouchouter et surtout, pas de bouffe à faire pendant cinq jours et ça, c'est un luxe qui n'a pas de prix. Par contre, j'ai faim. Précisément parce que ce soir je dois manger léger, j'ai même très faim.

Une aide-soignante arrive.

« Avant de vous coucher, vous allez prendre une douche avec de la Bétadine. Vous vous frictionnez bien les cheveux…

— J'ai une intervention au pubis…

— Vous vous lavez les cheveux quand même. Et vous me rasez tout ça. Correctement. Je viendrai vérifier.

— Mais…

— Pas de "mais" qui tienne. Je repasse tout à l'heure. »

Hors de question que je touche à mes cheveux. Je suis allée faire une couleur chez le coiffeur ce matin pour être physiquement irréprochable (au cas où je rencontrerais l'homme de ma vie dans la salle d'opération). Je prends une douche vite fait, et me mets au lit. J'ai faim. Je m'endors pour oublier.

Il est 7 heures, on vient me chercher. Toute l'équipe est là. Que des mecs. J'ai bien fait de faire un brushing. L'anesthésiste cherche la bonne vertèbre pour la péridurale. Je hurle. J'entends :

« Mettez-lui un tranquillisant dans la perf. »

Et là, je ne vois plus rien. J'entends juste mon médecin. Il me dit que c'est fini. Que tout s'est bien passé. Je lui demande de me montrer mes fibromes. C'est flou mais il me semble distinguer une balle de tennis rose fluo dans un bocal. Je suis complètement shootée. Et c'est bon.

Vive la morphine ! Je ne sens pas mon corps mutilé. J'émerge peu à peu. Marie est là. On est quel jour ? Le surlendemain de l'opération. J'ai faim. Marie me tend des nems. Tout ce que j'aime. Les copines, y a que ça de vrai dans la vie.

Je rallume mon téléphone. Message de Greta. Elle ne pourra pas me rendre visite car elle s'est envolée pour Marbella. Elle part pendant un mois dans une clinique de luxe faire son jeûne biennal pour réduire son stress oxydatif. Messages de Matthieu qui me demande où est son tee-shirt à l'effigie des Girondins de Bordeaux et de Tess qui veut savoir comment je vais.

Le médecin fait irruption dans ma chambre et se lance fièrement dans le récit épique et détaillé de l'intervention. Je ne retiens qu'une chose : les six semaines d'abstinence obligatoire pour une cicatrisation optimale. Dommage qu'il n'y ait pas d'homme dans ma vie. J'aurais été obligée de le faire mariner, ce qui aurait été pour moi une expérience inédite. Tout ce que j'aime.

Et si, maintenant que je ne suis plus une femme, je décidais d'en devenir une ?

Rentrée chez moi, je retrouve mes enfants et le joyeux bordel de l'appartement. Quelqu'un peut-il m'expliquer cette propension qu'ont les grands ados à vider le frigo et à remplir le panier de linge sale aussi rapidement ? Il déborde, ainsi que l'évier. Si je retournais à l'hosto pour des vacances prolongées ? Je suis trop fatiguée pour me mettre en colère. Tess a malgré tout préparé le dîner et Matthieu s'abstient de me demander ce qu'il va manger ce soir, alors je pardonne. Avant de me coucher, j'envoie un mail à Vlad42.

Ma convalescence dure trois semaines. Pendant lesquelles j'ai interdiction de sortir plus de dix minutes par jour, de faire du vélo, d'aller à la piscine (aucun risque). J'ai le droit de rester chez moi, de me reposer et c'est à peu près tout. Allongée sur mon canapé, j'en profite pour mieux connaître Vladimir. Je m'engouffre dans cette relation virtuelle. Je n'ai rien d'autre à faire.

Il a le même âge que moi, célibataire, la photo

qu'il m'envoie me convient. Surtout depuis que j'ai décidé de ne plus faire du physique un critère.

Un homme tout simple qui aime le vélo, la randonnée et le ski. Moi, je n'aime que le sport en chambre et je ne peux pas faire trois mètres sans être essoufflée. Il vend des fenêtres. J'en profite pour m'instruire. Bois, alu, PVC, impact écologique des différents matériaux, profil thermique, recyclage, tarifs... Je deviens vite incollable, d'autant qu'il est intarissable sur le sujet.

Mes journées sont toutes les mêmes, mais je ne chôme pas. Piqûres d'anticoagulants, *Inspecteur Barnaby*, *Julie Lescaut*. Entre deux épisodes, je corrige mon livre, développe certains chapitres, en élague d'autres. Entre deux séances de travail, je réponds aux textos de Vladimir. Ça commence dès 8 heures, quand il me souhaite une bonne journée. Je ne le sollicite jamais. Il travaille, moi pas, je ne veux pas le déranger. Entre deux rendez-vous, il me fait signe ; au déjeuner, m'informe toujours de ce qu'il s'apprête à manger. Et ça continue l'après-midi. Jusqu'au soir où, cette fois, c'est moi qui envoie les photos de ce que j'ai préparé à dîner. Je n'ai jamais autant fait la cuisine de ma vie. Puis vient la nuit. Nous avons beaucoup de choses à nous dire, la nuit. Et les photos que nous nous envoyons prouvent notre intimité naissante : sa voiture bleue, son VTT, son bureau, le plan de travail de sa cuisine, sa chambre, son sexe, mes seins.

Je l'imagine chevauchant son vélo. Frôlant le danger sur les routes sinueuses et cailouteuses de montagne, il enchaîne les cascades, roule sur des chemins abrupts et accidentés, risquant sa vie à chaque instant, avec les muscles saillants de ses bras et la puissance de ses cuisses comme seul bouclier. Le tee-shirt trempé par la sueur de l'effort, il est mon héros, mon cascadeur, mon policier du RAID. Je le respire, excitée par l'odeur de sa transpiration.

Parce qu'il habite loin, que la distance nous sépare, je ne pense qu'à lui. Parce que nous ne sommes pas près de nous voir, le toucher devient une obsession.

Récapitulons :

1 – Trouver un mec (fait) ;
2 – Corriger mon livre (fait) ;
3 – Envoyer mon CV (on verra ça plus tard) ;
4 – Chercher du travail (*idem*) ;
5 – Faire du sport pour être en forme (*idem*) ;
6 – Faire le ménage (*idem*) ;
7 – Trouver un sens à ma vie (en cours. *Tritox* ?) ;
8 – Embrasser Vladimir (urgentissime).

Je suis écrivain, c'est la langue qui m'intéresse. C'est même ce que je préfère. Une langue vivante qui joue avec la mienne. Profondément. Enfonce-toi. Je t'offre mon intimité. La vraie. L'érection de ta langue en cadeau. Nos langues entremêlées en un gouleyant baiser. Happe-la, suce-la, avale-la. Inonde-moi de ta salive. La ronde est suffocante. L'air me manque, je ne peux plus respirer. Tu m'étourdis. En cet instant, nous ne faisons qu'un. Le seul moment où nous ne ferons jamais qu'un. C'est bien pour ça que je ne m'en lasse pas. Pour le reste, je suis seule au monde.

Quelle déception quand un homme glisse une langue furtive et insaisissable, une langue qui s'échappe à peine entrée, qui lape l'extrême bout de la mienne et qui maladroitement s'en va lécher mes dents. Sensation d'être rejetée. Comme si tu n'arrivais pas à bander. Ne la retire pas. Quand j'insiste pour la prendre, j'ai l'impression de te violer. Tu n'hésites pourtant pas lorsqu'il s'agit de ton sexe. Alors, quelle est cette gêne qui te prend subitement ? Serait-ce plus impudique ? Oui, ça l'est et c'est pour ça que je la veux. Tout à moi. Vladimir, je t'en supplie, ne me déçois pas.

Il paraît que les putes n'embrassent pas. Comme je les comprends.

« Allô, Vanessa ? C'est Greta.

— Ça va ? Tu as une toute petite voix.

— J'ai faim. J'en peux plus d'avoir faim. Faut que je tienne jusqu'à demain. Demain, je remange.

— Tu sais ce que j'en pense. Comme si tu avais besoin de faire un jeûne. Bref.

— Tu ne veux pas venir me voir à Marbella pour le week-end ?

— Pourquoi pas ? Laisse-moi juste le temps de m'organiser avec les enfants.

— Ça va, ils sont grands. Ça n'est que deux jours. Je te prends ton billet. Demain soir, tu pourrais ?

— Oui, ça me laisse le temps de remplir le frigo. Ça me fera du bien. Je viens de passer trois semaines sur mon canapé, ça va me retaper.

— Super. À demain alors. Tu t'occupes de rien. »

Je raccroche. Quelle drôle de vie.

J'atterris à 22 heures à Malaga. Un chauffeur m'attend avec une pancarte « Madame Poulemploi ». Il fait chaud. Ailleurs, c'est toujours mieux. Une heure après, il se gare devant un bâtiment qui ressemble plus à un grand hôtel qu'à un hôpital. Greta et Prune m'attendent à la réception. La moquette fait environ douze centimètres d'épaisseur, il y a des tableaux d'art contemporain aux murs, des canapés de cuir dans les couloirs. La chambre est immense, le lit aussi, la salle de bains en marbre et la baie vitrée donnent sur un ravissant jardin. Je m'installe dans le transat sur la terrasse, café, clopes et ciel étoilé.

« C'est ça que tu appelles un hôpital ? Je vais t'emmener à Lariboisière, tu vas comprendre.

— C'est une clinique de luxe, ma poule. Ça me coûte une blinde mais ils acceptent mon chien.

— Tu es trop maigre. Tu as perdu combien avec tes conneries ?

— Sept kilos.

— C'est moche.

— Tu as maigri, toi aussi.

— Je n'ai pas fait exprès. J'ai tellement stressé avec l'hystérectomie que j'ai dégonflé. Plus le fait que je sois amoureuse.

— Amoureuse ? Du type sur Internet, là ? Faut qu'on parle. Je t'abandonne trois semaines et je te retrouve transie d'amour pour un mec que tu n'as jamais vu. Si ça se trouve, il est marié, il a cinq enfants…

— Mais non.

— Comment tu le sais ?

— Il me l'a dit.
— Depuis quand tu crois ce qu'un mec te dit ?
— Depuis toujours.
— T'es trop naïve. Tu te laisses complètement manipuler. Tu me désoles. T'as plus quinze ans, Vanessa, merde !
— Mais il me fait rire...
— Pff, *so ein Quatsch !* N'importe quoi. Tu sais quoi ? On va arrêter de parler de ça parce que, franchement, là, tu m'énerves. »

Je n'insiste pas car, au fond de moi, je sais qu'elle a raison. Tomber amoureuse d'un homme qu'on ne connaît pas, c'est terrible pour l'estime de soi. Je me sens pitoyable, et en même temps mon enthousiasme m'emporte au-delà du ridicule. Je me convaincs que je ne perds pas mon temps, qu'il y a toutes sortes de façons de rencontrer les gens et que, aussi originale soit-elle, cette relation est bien ancrée dans le réel. Je me justifie auprès de mes amis qui, tous, se moquent de moi. Je leur explique que la fin justifie les moyens et que l'issue favorable de cette histoire me donnera raison.

Le lendemain matin, l'infirmière nous apporte une petite coupelle de fruits frais sans sucre et un café en guise de petit déjeuner. Greta en a des larmes de bonheur aux yeux. Après vingt jours de jeûne total, elle va enfin manger. Son appétit fait plaisir à voir.

« Tu veux ma part ? »

Non, elle ne la veut pas. Elle n'a pas le droit. Nous enchaînons sur une heure de vélo dans la salle de sport hyper équipée où des « seniors » en peignoir et baskets pédalent difficilement.

« Si tu veux te taper un millionnaire, profite, ma chérie, ils sont tous là.

— Vu la moyenne d'âge, ça ne va pas être possible, ma Greta ; et puis, je ne veux pas tromper Vladimir.

— N'importe quoi. Comment peux-tu dire des conneries pareilles. Bref. Moi, plus ils sont vieux plus ils m'excitent, dit-elle en souriant à un octogénaire qui se fatigue sur le vélo d'à côté.

— Je n'ai jamais compris ton attirance pour les vieux. Pourtant Paul, il avait ton âge.

— C'est depuis sa mort que j'aime les personnes âgées.

— Très âgées.

— Cherche pas à comprendre. Les vieux me touchent, leurs rides me bouleversent. J'ai envie de les aimer, de caresser leur corps abîmé. C'est étrange mais c'est comme ça.

— Remarque, c'est toi qui as raison. Avec un vieux, j'aurais toutes mes chances, il aurait l'impression de sortir avec une jeunette. Greta ? J'ai faim.

— On se prend une douche et on va déjeuner. Moi aussi j'ai faim. »

Au restaurant, le menu du jour ne me parle pas, vu que je ne lis pas l'espagnol. Ce sera donc une surprise. Et de taille. On dépose une assiette fumante devant moi. Des longs brins verts parsemés de blanc. Le tout surplombé par une demi-tomate cerise.

« C'est quoi ?

— Des courgettes vapeur façon spaghettis et du blanc d'œuf. »

J'ai envie de pleurer.

Petite sieste pour digérer ce copieux repas et surtout passer le temps. Un temps que nous emploierons donc à dormir au lieu de rêver à manger. 17 heures : café, goûter. Encore des fruits. Greta se lance :

« Centre commercial ?

— Si tu veux.

— Il y a un H&M géant pas loin. »

Elle appelle un taxi, dans lequel nous nous engouffrons, excitées comme deux gamines. À l'entrée du centre, un Burger King scintille de mille feux. Le Triple Whopper dégoulinant de graisse nous fait de l'œil. Je passe devant, mimant l'indifférence. Hors de question que je pourrisse le jeûne de Greta. Elle me rattrape :

« On y va ?

— Ouiii.

— Putain, je ne peux pas compter sur toi pour m'empêcher de faire des conneries.

— Non, tu ne peux pas. »

La journée est passée trop vite. Quand je pense que demain je rentre à Paris…

J'en ai vu, du pays, avec ma copine. L'année dernière, j'ai eu droit au dentiste dans le Tyrol, le seul en qui elle ait confiance pour son détartrage. Et celle d'avant, à la Foire de la châtaigne en Corse pour acheter de l'huile d'olive, selon elle, la plus fruitée. Sacrée Greta.

Fini l'arrêt maladie. *Tritox* est parti à l'impression. J'ai hâte qu'il soit publié pour goûter enfin à ma nouvelle vie, celle de femme bien en place, qui a su allier bonheur de la vie privée et de la vie de famille et reconnaissance professionnelle. Pour résumer, de femme qui a réussi sa vie. Entre mon licenciement, mon livre, Régis, mon opération, mon histoire d'amour avec Vladimir, depuis quelques semaines, l'ascenseur émotionnel passe du premier au cinquante-septième étage selon mon état d'esprit. Chaud, froid, chaud. Je pleure, je ris, j'ai peur, je m'ennuie, je ris, l'inconnu me terrorise puis il me ravit. J'envisage toutes les possibilités. Je me fais des films, je rêve ma vie.

Si mon livre marche, je pourrai m'acheter un appartement, me mettre un toit sur la tête pour la retraite. Je ne dépendrai plus d'un patron. La popularité aidant, c'est sûr, le mec, je vais le garder. Et surtout ma vie sera sensationnelle. Je vais rencontrer plein de gens intéressants. Je vais être à ma place. Indépendante, bien dans ma peau et aimée.

Et s'il ne marche pas, eh bien, retour à la case départ. Chercher du travail, pour un salaire qui dans tous les cas ne suffira pas à assumer une vie décente à Paris. Déménagement en province à envisager. Et mes enfants ? Ils ne voudront jamais me suivre à la campagne. Et leurs études ?

Imaginons qu'ils acceptent de m'accompagner, qu'est-ce que je vais faire de mes meubles ? De ma bibliothèque, en particulier ? Ça ne rentrera jamais si je ne peux me payer qu'un studio. Et mes enfants, je les mets où dans un trente mètres carrés ? J'ai beau retourner le problème dans ma tête et dans tous les sens, il n'y a qu'une seule solution dans ce cas précis, vivre avec un homme pour partager les frais.

Anticiper, c'est se faire chier deux fois. Je décide donc que le principe de réalité n'existe pas, que le plaisir triomphera et que ma vie sera conforme au rêve que je m'en fais.

Encore dix jours de cicatrisation et je pourrai laisser libre cours à une sexualité débridée avec Vladimir ; Vladimir qui justement m'appelle pour la première fois.

Je suis partagée, la voix est belle et il ne zozote pas. Par contre, il va falloir que je m'habitue à l'accent. J'aimerais bien le voir quand même. Le virtuel, ça va cinq minutes mais c'est frustrant et je n'ai aucune tolérance à la frustration.

« Ça serait bien qu'on se voie. Tu viens quand à Paris ?

— J'ai pas trop les moyens en ce moment.

— Ben, je vais venir si tu préfères.

— Je ne préfère pas. C'est compliqué.

— Ben non. Paris-Saint-Étienne, c'est direct avec le TGV.

— Je vais voir comment je peux m'organiser. On en reparle. Bisou. »

Euh, là, entre le « Bisou », l'accent et son manque évident d'envie de me voir, ça fait un peu beaucoup. Mais c'est trop tard.

En trois semaines, Vladimir a su créer le manque. Une heure sans nouvelles de lui et je tourne en rond comme un lion en cage ; dès qu'il réapparaît, je revis.

S'il savait les états dans lesquels il me met... il s'enfuirait.

Mais il ne sais pas, je ne lui dis rien. Il me prendrait pour une folle et je n'y tiens pas. Alors, je ne lui demande jamais rien, le laisse faire au gré de ses envies. Je réponds toujours présent et c'est déjà beaucoup.

« Salut, Marie. Je peux passer te voir ?
— Tu n'as pas tes enfants ?
— Si, mais on a dîné, ils sont dans leur chambre et j'avais envie de boire une tisane avec toi.
— Non, ce soir, ça n'est pas possible. Michel a besoin de se concentrer pour sa réunion de demain. C'est urgent ?
— Non. Aucune urgence. C'est pas grave. On se verra un autre jour. Je t'embrasse.
— Moi aussi. À très vite. »

Marie fait toujours passer l'intérêt de son mari avant celui de ses copines. Ce qui m'exaspère, me vexe, me fait de la peine et me conforte dans l'idée que le couple est une prison. L'avantage du célibat, c'est que je fais ce que je veux, quand je veux, où je veux. Sauf qu'à force d'avoir l'embarras du choix, je ne choisis pas. Je colmate. Je comble les vides avec des gens, facultatifs parfois. Si ce soir il y avait un homme qui m'attendait à la maison, me servait un verre de vin, un homme avec lequel je partageais tout ce bonheur qui m'arrive, je pourrais… Mais il n'y a personne.

Vladimir est à cinq cents kilomètres. Et ce n'est pas un hasard si je l'ai choisi, lui, pour fantasmer à volonté. Parce qu'il est loin de moi, je peux tout imaginer, il ne me décevra jamais.

Encore un truc dont je dois parler chez ma psy. Si je veux avancer, il est temps que j'arrête de rêver et que je me pose les vraies questions. À savoir, qu'est-ce que je veux ? Qu'est-ce que je ne veux pas ? Un homme présent mais pas trop ? Un homme à la fois viril et sensible ? Un homme directif mais pas autoritaire ? Un plombier-électricien-mécano qui lit Deleuze et le comprend ? Un homme pour le sexe mais pas que ? Un homme qui ne me respecte pas dans un lit mais qui me respecte infiniment pour ce que je suis ? Le beurre et l'argent du beurre ? Et les fesses de la crémière ? Un homme riche mais qui ne m'entretient pas ? Un homme qui me fait rire mais avec lequel j'aime m'ennuyer aussi ? Je veux tout et son contraire. Partie comme ça, je n'y arriverai jamais. Et si j'optais simplement pour un brave gars qui saurait me supporter ?

J'arrive, le sourire aux lèvres. Ça ne veut rien dire, je souris toujours.

Je m'allonge sur le divan. Respire un grand coup. Qu'est-ce que je vais bien pouvoir lui dire ? Ben rien. J'ai rien à dire. Elle esquisse un :

« Allez-y. » Je soupire. « Dites ce qui vous vient. »

Rien ne vient. Je regarde l'immeuble d'en face, un homme fume une cigarette sur un balcon. Est-ce qu'il peut me voir de là où il est ?

« Dites.

— Je ne sais pas quoi dire.

— Dites quand même. »

Pff... J'ai honte. J'ai honte de ce que je m'apprête à lui raconter, à savoir, que mon canapé, collé au cul à la glu, est devenu mon meilleur ami. Que je ne fais rien de la journée. Que Candy Crush (niveau 500), Pet Rescue (niveau 483) et Bubble Witch (niveau 200) n'ont plus de secrets pour moi. Que j'ai plein de choses à faire – le ménage, par exemple – et que je ne fais rien. Que je me maquille rarement, d'une part parce que j'ai la flemme, d'autre part parce que l'idée d'avoir à me démaquiller le soir achève de me fatiguer. Que je m'habille avec ce que je trouve à portée de main, c'est-à-dire les vêtements que j'ai laissés la veille par terre parce que ça m'est égal, grignote un bout de fromage à la va-vite et laisse le tout en plan dans la cuisine…

« J'en peux plus d'être comme ça. Comment voulez-vous qu'un homme me supporte au quotidien ? Aucun n'acceptera ça.

— En quoi est-ce un problème de ne rien faire ?

— Je rêverais d'être comme ces femmes en couple, qui, quoi qu'il arrive, se maquillent le matin pour être jolies, prennent soin de leur tenue pour être élégantes, vont travailler pour être indépendantes puis, quoi qu'il arrive, rentrent chez elles, préparent le dîner, débarrassent la table, nettoient le plan de travail, passent un coup de balai puis… »

L'aveu est énorme. Je suis en train de décrire ma mère.

Fin de la séance. Vingt minutes. Cinquante euros. Soixante ans de féminisme pour en arriver là. On ne peut pas dire que je sois fière de moi.

Ça suffit ! Il faut que je me bouge. C'est bien beau de ne plus vouloir être secrétaire, encore faut-il savoir ce qu'on va faire à la place. C'est bien beau d'avoir des velléités d'écrivain, encore faut-il avoir un sujet. Direction Pôle emploi. Je réclame un bilan de compétences. Que l'on m'accorde. Pour le préparer, je récapitule. Je fais quatre listes. Celles de mes envies, de ce que je sais faire, de ce que je ne veux plus faire, de ce que je ne sais pas faire.

Je veux :
— Gagner correctement ma vie ;
— Voyager ;
— Lire, prendre des notes ;
— Réfléchir ;
— Écrire mais pas tous les jours ;
— Transmettre le peu que je sais ;
— Rire ;
— Faire l'amour ;
— Être aimée ;
— Ne plus déprimer pour tout, pour rien.

— La Dolce Vita.

Je ne veux plus :
— M'occuper des affaires personnelles des gens (déjà que j'ai du mal avec ma mutuelle, si c'est pour m'occuper de celle des autres…) ;
— Me faire engueuler pour un rien ;
— Être à la disposition de quelqu'un ;
— Écrire des lettres administratives ;
— Prendre en charge les angoisses de l'autre pour les lui alléger (parce que l'ulcère, c'est moi qui vais le faire).

Je sais :
— Tricoter ;
— Faire la cuisine ;
— Écouter ;
— M'exprimer ;
— Entendre les mots dits et parfois comprendre les non-dits.

Je ne sais pas :
— Mentir (sauf à moi-même) ;
— …

La liste de ce que je ne sais pas faire est infinie. Tant mieux. Jusqu'à ma mort, j'apprendrai et je grandirai. C'est sans doute une bonne nouvelle.

Conclusion de Greta :
« À part pute de luxe à Rome, je vois pas… »

Première réunion de mon bilan de compétences. Nous sommes cinq. Deux très jeunes femmes, caissières, qui aspirent à un travail climatiquement moins dur, dans les courants d'air elles sont toujours malades ; un jeune homme de vingt-sept ans, ancien militaire, démineur au Liban, genou fracassé et qui se demande ce qu'il va faire de sa vie sans l'adrénaline procurée par la guerre ; une femme de mon âge, qui pointe au chômage depuis dix-sept ans et tricote à domicile pour deux euros de l'heure. Et moi. J'ai un peu honte. L'impression d'être une sale gosse qui ne sait pas se contenter de ce qu'elle a. Qui fait son caprice. Pour déculpabiliser, je trouve un tas d'idées, pour les autres.

« Pourquoi ne feriez-vous pas une formation dans les métiers d'art ? Et toi, pourquoi ne chercherais-tu pas un emploi dans une organisation humanitaire ? Entre les famines, les tremblements de terre, les guerres, tu la retrouveras, l'adrénaline. »

De quoi je me mêle ?

Et moi ?

Vladimir me mange la bouche, me prend, tire mes cheveux, caracole puis me retourne, me caresse, ses doigts s'affolent puis s'immobilisent, éprouvent l'humidité de ma chair. Je le respire, le lèche. Magnifique érection. Le voici dans mon ventre, entre mes cuisses, contre mon sexe. Tout contre. Mes jambes s'écartent encore, je l'accueille, je m'empale, m'accroche à ses épaules. Le repousse. Il m'en empêche. Sa force et sa puissance m'anéantissent. Dans un lit, j'aime savoir qui commande. Et ce n'est pas moi. Mon corps se tend comme une corde sur un arc. La flèche brûlante atteint sa cible. Je capitule.

« Vladimir, quand nous verrons-nous ?
— Bientôt. »
Il raccroche.
Bientôt…

Je l'aime. Vladimir, veux-tu m'épouser ?

C'est son nom de famille qui m'a décidée.

« Vanessa Vodianova », c'est magnifique. Ça m'irait tellement bien pour démarrer une seconde partie de vie sous les meilleurs auspices. Vodianov... Je prends cette idée très à cœur. Je lis tout sur les traditions du mariage. Il me faudra quatre objets : un neuf, un bleu, un vieux, un prêté.

Mariage heureux, mariage pluvieux. Non ! Mariage heureux, mariage plus vieux. J'ai le bon âge. Le bonheur, c'est la bonne heure.

Le mariage se fera à la campagne. En plein cagnard. Les champs, le soleil, pour la libido, y a pas mieux. Quant à la robe, sacré dilemme. Je la veux longue avec des manches. Je préfère avoir chaud plutôt que de montrer la peau de mes bras ou la blancheur de mes jambes. La couleur, maintenant... Blanc sur blanc, c'est déprimant. Elle sera rouge. D'un beau rouge carmin. Je la ferai faire sur mesure. On ne se marie qu'une fois, surtout moi.

Je choisis de passer par l'église. Pour le sacré. Pour la musique sous les voûtes. Pour la sonorité d'un poème de Tarkos. Pour les cierges, pour les vœux.

Un buffet sous les vieux chênes d'un jardin regorgeant de glycines et de passiflores. Je m'y vois déjà. Je me promène dans ma robe rouge, rectifie un bouquet, arrange les figues dans leur panier, lisse la nappe blanche et caresse les bougeoirs argentés.

Mais avant, il faudrait peut-être que j'en parle à Vladimir...

C'est le grand jour. Sortie nationale de *Tritox*. Seule dans mon salon, allongée sur le canapé, en string, je tente de gagner le niveau 520 de Candy Crush Saga pendant que mon livre est passé de la cave à la vitrine des librairies. Enfin, pas encore, vu qu'il est 6 heures du matin.

8 heures : Matthieu vient de partir au lycée. Tess n'est pas là. Elle a dormi chez son petit ami. J'en profite pour m'enfermer tranquille dans la salle de bains, radio allumée. Je ne veux pas rater une éventuelle annonce concernant la sortie de mon roman. Après un grand et long bain à l'huile essentielle de lavande, le corps crémé, le visage légèrement maquillé, j'enfile mon cuir et mes talons.

10 heures : ça y est, les librairies sont ouvertes et moi, je suis enfin prête. Prête à toute éventualité : invitation de dernière minute à la télé, coups de fil de journalistes impatients de m'interviewer, soirée de lancement (on ne m'a parlé de rien mais peut-être est-ce une surprise ?).

Midi : le téléphone reste silencieux. Rien ne se passe. Je tourne en rond dans ma cuisine et je fume.

14 heures : j'appelle mon éditeur. Il est en Chine. J'oublie la soirée de lancement.

15 heures : j'appelle l'attachée de presse. Elle est à la radio avec un auteur célèbre de la maison. J'enlève les talons.

17 heures : bon, ben, puisque personne ne s'occupe de moi, je vais faire la promo moi-même. Je crée une page *Tritox* sur Facebook et j'envoie une demande de «like» à mes deux cent vingt-deux amis.

18 heures : mon téléphone sonne, c'est Marie qui veut savoir comment ça s'est passé.

18 h 15 : Greta s'affiche sur l'écran pour les mêmes raisons que Marie.

18 h 30 : appel de Tess qui «galère» dans le 93, à Bondy. Est-ce que je pourrais venir la chercher ? Je troque mon cuir contre un jogging. J'y vais.

18 h 45 : texto de Matthieu : «On mange koi ce soir ? »

Aujourd'hui ressemble à hier mais pas à demain j'espère.

20 heures : quarante-trois personnes ont liké ma page. Ça commence plutôt bien.

21 heures : Karine, mon attachée de presse, m'appelle. Un journaliste de Radio Vintage veut me rencontrer demain matin. Suis-je disponible ?

Deuxième réunion.

« Qu'est-ce qu'une compétence ? »

La formatrice me regarde. C'est généralement moi qui m'exprime en premier.

On part de loin, là.

« Un savoir-faire. »

Elle écrit ma réponse sur le tableau blanc.

« Très bien, Vanessa. À vous, Stéphane. »

Après avoir fait le tour des réponses de mes collègues de chômage et écrit tous les synonymes de « compétence », elle nous distribue des feuilles de tests. Sur la première sont inscrits cinquante adjectifs censés refléter nos qualités. On doit entourer celles qui nous correspondent. Puis c'est le tour des défauts.

Plus compliqué que ce que je pensais, de changer de métier. Voire impossible. Je refuse de me dire qu'à mon âge, c'est foutu. Même si autour de moi, force est de constater que ça se vérifie souvent.

Je fais tout bien pourtant. Principalement pour me donner bonne conscience.

Je consulte le moindre site Internet que Pôle emploi me suggère.

J'envisage la fonction publique. Et la liste des concours à passer.

Ça va être quoi, mon avenir ?

Greta me donne le numéro de téléphone de sa voyante, celle qu'elle appelle pour ses placements financiers.

« J'entends que vous êtes une personne déterminée, très intuitive, d'une générosité absolue… »

Pff… je ne suis généreuse que quand ça m'arrange.

« Vous ne supportez pas la fausseté. Vous ne supportez pas l'injustice. Je vois des complications avec les hommes… »

Tu m'étonnes.

« Ils sont attirés par vous mais ne trouvent pas leur place à vos côtés. Il y a une force en vous qui les rejette… »

C'est donc ça !

« Dans la relation, vous leur accordez une extrême liberté… »

Et c'est bien connu, ils n'aiment que les chieuses.

« Changez votre attitude car actuellement vous n'attirez que les faibles… »

C'est pas faux.

« Vous avez rencontré quelqu'un récemment… »

Ouiii.

« Avec lui, ce n'est pas possible. Il est faible, lâche,

se blesse très facilement, se ferme. Il occulte tout. Surtout son passé. Laissez tomber... »

Ah non, pas maintenant.

« Vous écrivez... »

Elle me bluffe, là. Je ne réponds pas.

« Continuez. Ça devrait bien se passer. Je vois de multiples voyages liés à cette activité. Vous n'allez pas chômer. Votre horizon s'ouvre... »

Ça, je le sais déjà !

« Il y a beaucoup de pleurs en vous. Votre âme est prisonnière de la solitude. Il ne faut pas en avoir peur car elle est créatrice. Vous apprenez à grandir avec elle. Et n'oubliez pas, vous êtes comme les chats. Vous retombez toujours sur vos pattes... On me dit que vous allez rencontrer un homme. Un nouvel homme dans votre vie. Je vois aussi la lettre G. Verbalisez l'émotionnel et baissez votre niveau d'exigence... »

Le baisser jusqu'où ? Parce que, pour le moment, il est au sous-sol...

« Vous allez comprendre des choses cette année. Ce sera une prise de conscience énorme. Le barrage va sauter. Un tsunami. Une retenue d'eau qui va lâcher. Mais dans l'ensemble, ça va aller. »

Depuis des années, je vois une psy pour tenter de trouver des réponses à tous mes problèmes et elle, soixante-dix euros plus tard, a répondu à toutes mes questions. Et si j'arrêtais ma psychanalyse ?

Je m'allonge sur le divan.

« Quand même, ma vie est dingue en ce moment...

— Dites...

— Hier matin, je faisais mon bilan de compétences dans un préfabriqué de la Seine-Saint-Denis et hier soir, j'étais invitée au journal télévisé d'Arte. C'est à la limite de la schizophrénie. Figurez-vous qu'à la télé, je n'ai pas eu le trac. C'était en direct en plus. J'y suis allée comme on va à la boulangerie. La journaliste était très sympa, du coup j'étais très à l'aise. Si je pouvais être payée à ne faire que ça... C'est encore mieux qu'écrire. J'adore ma vie quand elle se passe ainsi. Quand je me promène d'un monde à l'autre, d'une classe sociale à une autre, quand l'occasion m'est donnée d'observer, de comprendre, de m'adapter tout en restant moi-même...

— Oui...

— Je suis une spécialiste de l'alternance, une cohabitation à moi toute seule. Chaud, froid, chaud, froid. Rappelez-vous, quand j'ai accompagné

Gérard Planton à Cannes, il y a quelques années : le lundi soir, je foulais le tapis rouge en smoking Yves Saint Laurent pour me retrouver le mardi coincée par une grève dans le RER à Paris. Ou quand Jean Valmont m'avait invitée à la finale de la Coupe du monde de football à Berlin, que j'avais dîné avec les joueurs après le match, que je me sentais ultra-privilégiée parce que le monde nous regardait et que le lendemain matin, réveillée par mon banquier, j'avais appris dans ma suite de rêve que j'étais interdit bancaire... Bref, entre la sortie de mon livre, la promotion, les invitations dans les salons où je signe des autographes et mes rendez-vous hebdomadaires à Pôle emploi où on m'explique la signification du mot "compétences", le grand écart est saisissant. Les jours se suivent et ne se ressemblent pas. Vu ma tendance à croire aux princes, lutins, farfadets, anges gardiens et gentilles fées, je remercie la vie de toujours me proposer des situations bien pourries pour me ramener les pieds sur terre et m'éviter de trop m'envoler... Je me suis bien habituée à ce qui m'arrive quand même. C'en est désespérant. Un peu comme si aucun bonheur ne devait durer bien longtemps. Je me déteste d'être comme ça. Jamais satisfaite. À vouloir toujours plus.

— Et vous voudriez quoi ?
— Que ça dure. »

Avec la promo, j'apprends un nouveau métier. Parler de moi, m'exhiber, être vue, m'écouter parler. Le narcissisme si longtemps refoulé me monte à la tête. Je pense à mon conseiller Pôle emploi. Il va vraiment se demander ce que je fous à la télé au lieu de chercher du travail.

Festivals du premier roman, signatures en librairies et salons du livre s'enchaînent. Telle Madonna en tournée, j'écume les routes de France et de Navarre. Pas un week-end où je sois chez moi. D'autant que j'accepte toutes les invitations. Je rencontre mes lecteurs. Je m'émerveille. Je m'étonne. « Vraiment, vous l'avez lu ? »

Leur bienveillance, leurs mots me vont droit au cœur. Je prends tout. Je me laisse griser parce que je sais très bien que tout ça va finir par s'arrêter. Chaque livre dédicacé me stupéfie, m'enthousiasme, me ravit. Je profite de l'instant. Pleinement. Pour une fois que je ne m'habitue pas.

Le moment que je préfère, c'est quand les lecteurs m'expliquent mon livre. Ou me prêtent des intentions d'une noblesse très exagérée. Parfois, je me retourne pour vérifier que c'est bien à moi qu'on s'adresse. Que c'est bien moi, cette fille «courageuse et si émouvante». Je me tais. Je ne veux pas les décevoir. Je sais bien, moi, que je ne suis pas comme ça, que les qualités qu'ils m'attribuent, je ne les ai pas.

On m'avait prévenue pour les bouffées de chaleur. Mais on ne m'avait rien dit concernant l'odeur. C'est bien simple, je ne me reconnais plus. En général, on ne sent pas sa propre odeur. Là, impossible de l'ignorer. Un effluve de vinaigre me suit de la chambre au salon, une exhalaison aigre et acide. Note de tête, note de cœur, note de fond, oublié tout ça ! Je ne peux plus me raconter d'histoires, j'ai la senteur d'un fruit mûr.

Dorénavant, je dors sur une serviette éponge. Je me réveille trempée. Les cheveux mouillés, le cou poisseux d'humidité et le sillon intermammaire dégoulinant.

Il paraît que ça pourrait être pire. Franchement, je ne vois pas comment. Ah si ! S'il y avait Vladimir à côté de moi.

Mais Vladimir vient encore de repousser le moment de nous rencontrer. Je me trouve bien patiente avec lui. À force de le laisser faire, il se croit tout permis, ne m'appelle plus autant qu'au début. Peut laisser s'écouler du temps entre deux textos.

Puis revient plus amoureux qu'avant. Ne se justifie jamais sur les raisons de son silence. Je lui passe tout, ne lui demande jamais rien, ne me comprends plus, mon mutisme et ma passivité me rendent folle, je me sens comme un lion en cage dont la seule façon de s'échapper serait de parler. Mais les lions ne parlent pas.

Je rêve de lui dire que mes sentiments sont allés crescendo, lentement mais sûrement.

Que je suis réglo avec lui et qu'il doit l'être avec moi.

Que lorsque j'évoque ma venue à Saint-Étienne et qu'il ne me donne plus de nouvelles une semaine durant, ça ne se fait pas.

Qu'il ne peut pas me faire ça.

Que s'il n'a jamais eu l'intention de me voir, que s'il me préfère en virtuelle plutôt que bien en chair, il me le dise maintenant.

La peur de l'entendre me répondre qu'il n'a jamais voulu aller plus loin que ce que nous vivons m'empêche de lui poser la moindre question. Préférant un bon malentendu à un non glaçant, je me tais.

Dernier rendez-vous avec Pôle emploi. Qu'ai-je découvert à l'issue de ce bilan ? Que vais-je faire ? Quel travail vais-je chercher maintenant que mes compétences sont clairement identifiées ? Pour être tout à fait franche, je n'ai pas appris grand-chose. Tous les boulots que j'aimerais faire nécessitent au moins cinq ans d'études supplémentaires. À moins de me trouver un mécène qui m'entretienne, je ne vois pas comment c'est possible financièrement. Finalement, je vais rester assistante. C'était bien la peine. Le bilan n'aura servi qu'à ça. Accepter. Mon conseiller, lui, est ravi. C'est toujours bien, d'après lui, de savoir précisément où on en est.

Activer mon réseau porte immédiatement ses fruits. Je reçois l'appel de l'avocat de Gérard Planton. Il a du travail pour moi. Un de ses clients, un acteur très connu, recherche une secrétaire pour s'occuper de ses papiers. Il vit à l'étranger huit mois sur douze mais a besoin de quelqu'un à l'année, à Paris. Pourrais-je le rencontrer ? Évidemment. Un rendez-vous est pris pour le lendemain, il ne reste que deux jours dans la capitale.

Sa secrétaire actuelle ouvre la porte. Je dois d'abord passer un entretien avec elle. Le poste est à pourvoir dans à peine plus de quinze jours. Il s'agit de récupérer et de traiter le courrier, de répondre aux lettres, d'honorer les factures. Rien de bien compliqué. Et quand monsieur vient quelques jours en France, il faut préparer son arrivée, vérifier que la voiture est prête, que la batterie n'est pas déchargée et que le ménage a bien été fait. Tout ce que je déteste. Enfin, l'acteur arrive. Et là ! ! ! Comment dire ? Il est magnétique, il est sexuel, il se déplace à la manière d'un fauve. Il plante ses yeux bleu piscine dans mes yeux marron-marron.

« Bonjour, Vanessa. »
Je vais tourner de l'œil.
« Ma secrétaire vous a tout expliqué, je crois. Je cherche une personne fiable. Je ne suis pas souvent ici et tout doit rouler sans que j'aie à m'en préoccuper. Mais vous avez déjà fait cela, si j'en crois votre CV ?

— Pas exactement. Si je comprends bien, vous recherchez surtout une gouvernante. Jusqu'à présent, j'ai essentiellement fait de l'administratif.

— Gouvernante, pas tout à fait. Vous aurez principalement à vous occuper des papiers. Même si quand ma femme et moi sommes ici, c'est vrai que je préfère que la voiture fonctionne, qu'il y ait le vin que j'aime dans la cave et deux, trois petites choses à grignoter. Vous parlez portugais ? »

Je ne l'écoute déjà plus. Je souris bêtement.

« Vous parlez portugais ? »

— Euh... Non.

— Dommage. Nous vivons au Brésil, le reste de l'année. Si vous nous convenez, il vous faudra l'apprendre. Ça vous semble faisable ?

— Oui, bien sûr. J'adore la langue. Enfin, les langues. Étrangères, quoi. » (Vanessa, tais-toi.)

Plage de Copacabana, à Rio de Janeiro. Il fait chaud. Après une matinée de travail bien remplie, lui et moi sommes allés nous baigner. Sa femme a préféré rester à l'ombre des palmiers de son jardin. Le torse musclé, les jambes fuselées, les cheveux mouillés, il court, me chahute et rit comme un enfant. Je commence à rougir, il m'enduit de crème solaire, les jambes pour commencer, le dos, le ventre puis il remonte vers mes seins...

« Parfait, Vanessa. Je vous raccompagne ?

— Pardon ?

— Notre entretien est terminé. Je vous raccompagne ? »

Il me serre la main et, dans un charmant sourire :

« À bientôt, j'espère. »

Le temps de parcourir la centaine de mètres qui me séparent du métro, je me ressaisis. Je rêve, j'ai eu un coup de foudre ou bien…?

Une fois rentrée chez moi, j'appelle l'assistante :

«Vu l'état de mes hormones, je préfère décliner votre proposition.»

Je veux bien revoir mes ambitions à la baisse et être assistante à vie. Mais assistante personnelle, ça, c'est fini.

Ma psy est d'une patience infinie. Depuis le temps que je lui raconte la même chose, elle doit en avoir ras le bol. Cela dit, je la paye pour ça.

« Il va falloir que vous m'aidiez. Il faut que vous m'aidiez à réfléchir. Je ne sais pas réfléchir. Je n'ai pas appris. J'aurais dû faire des études pour ça. Il faut vraiment que j'arrive à comprendre pourquoi je me tire systématiquement des balles dans le pied. Ce qui m'arrive, là, avec mon livre, ça aurait dû arriver il y a dix ans. J'ai perdu un temps fou. Par pure paresse. Parce que je crois que je suis immortelle. Pour les mecs, pareil. Pourquoi je me fais toujours larguer ? Pourquoi ça ne dure jamais ? Et l'autre, là, pourquoi il ne vient pas me voir ? Il y a deux catégories de femmes : celles dont les hommes tombent amoureux et les autres… Moi je fais partie des autres. Comment vous expliquez ça, vous ? Il y a un truc que je fais mal. Forcément. Si ça se trouve, je sens mauvais et je ne m'en rends pas compte ? Si ça se trouve, je suis nulle au lit et on n'a jamais osé me le dire ? Qu'est-ce qui ne va pas avec moi ?

— Vous parlez toujours de vous comme étant seule, comme si vous ignoriez tout de cette affaire-là, le couple. Or, vous avez été en couple. Vous savez donc ce que c'est. »

Soupir.

« Oui, c'est vrai. Pendant six ans. Et je n'ai pas supporté.

— Ah ! Je vous vois lundi prochain. À partir de mardi, je m'absente jusqu'à la fin août. »

Deux mois d'économies, chouette.

L'été arrive et, comme d'habitude, je n'ai rien prévu. Matthieu est en colonie pendant un mois. Tess part avec son copain dans sa belle-famille. Je m'apprête donc à passer juillet et août sur mon balcon. J'ai invité Vladimir à me rejoindre mais il ne prend pas de congés cette année. Je commence à me demander s'il n'a pas une tare cachée.

Greta m'invite une semaine chez elle dans sa propriété de Normandie. Prendre l'air, décrocher, me reposer avant le tumulte de la rentrée me fera le plus grand bien. J'accepte. Greta est toujours là pour me repêcher quand ça ne va pas. Ma vie cyclothymique la rassure, la réconcilie avec la sienne. Parfois elle m'envie.

« Tu es libre, me dit-elle.
— Libre de quoi ?
— Tu n'as pas à te coltiner un mari.
— Ben toi non plus.
— Oui mais moi je suis affreusement riche.
— Et ?
— Dès que je m'ennuie, je dépense.

— Et ?
— Pas toi.
— Et ?
— Rien. Tu peux être fière de toi. »

Allongée sur un transat au bord de la piscine, lunettes noires sur le nez, verre de brandy à la main, Greta me regarde avec stupeur.

« Ça fait combien de temps que ça dure, cette histoire ? Qu'il te fait croire que vous allez vous voir ? Deux, trois mois ?

— Il m'a promis qu'il viendrait avant la fin août.

— Et tu le crois ?

— Ben oui.

— Je ne sais pas quoi te dire. Tu les connais, les mecs. Quand ils sont amoureux, rien ne les arrête. Tu leur interdis la porte, ils entrent par la fenêtre.

— Je sais... Surtout qu'il s'y connaît, lui, en fenêtres.

— Vanessa, t'as quel âge ?

— Chuuut...

— Jette-le, il rappliquera fissa.

— Mais je ne veux pas. Peut-être que je ne lui plais pas et qu'il n'ose pas me le dire ? C'est le genre à aimer les filles aux yeux clairs, aux sourcils ultra-épilés, avec un petit nez droit et toujours surexposé, aux cheveux longs, un peu style mannequin, enfin mannequin Scholl, tu vois ? Le physique incontestable et banal. Pas comme le mien.

— Je ne comprends pas.

— Soit on me trouve très belle – genre Barbra Streisand –, soit on ne me regarde même pas.

— Si tu en es à te poser ce genre de questions, barre-toi tout de suite. *Raus ! Schnell !* Le mec, tu lui envoies un de tes strings par la poste pour qu'il pense à toi, il ne daigne même pas te remercier, il te fait croire qu'il va venir et il ne vient jamais, il disparaît dix jours entre deux textos. Bref, dégage-le. T'as pas besoin d'un loser. Et c'en est un, crois-moi. Tu veux un conseil, pour le prochain ?

— Non.

— Je t'ai déjà parlé de ma théorie des chiens ?

— Non. Vas-y, je m'attends au pire.

— Je pense qu'il serait de santé publique que chaque petite fille de ce monde se voie offrir un chien dès le plus jeune âge.

— Pourquoi ?

— Pour qu'elle apprenne à le dresser. Il lui faudrait un gros chien. Qui devrait lui obéir. Tu sais, avec les hommes deux mots suffisent : " Oui " et " Non ".

— Avec les chiens, tu veux dire…

— Non, non, avec les hommes. Si tu sais te faire obéir d'un chien, tu sauras te faire obéir d'un homme.

— Lol.

— Je ne plaisante pas. Si la petite fille apprend à tenir son chien, dans une posture droite, digne et forte, et il en faut de la force et de la détermination pour tenir un gros chien, alors elle saura SE tenir, bien droite, bien digne. En toute circonstance.

— N'importe quoi !

— Réfléchis bien, Vanessa. Une fois qu'elle saura s'imposer face à un gros chien, cette petite fille devenue femme saura sans aucun doute parler aux hommes et se faire aimer d'eux. *So einfach ist das.*

— Pardon ?

— C'est aussi simple que ça. Alors la question c'est : aimera-t-elle être aimée à cette condition ? Le risque étant qu'elle préfère l'original à la copie et le chien à l'homme. Si tu avais fait ça avec l'autre connard, tu n'en serais pas là. »

Conclusion : Greta parle aux hommes comme à des chiens et à son chien comme à un homme.

Ce soir, c'est la fête au village. C'est aussi le dernier jour de mes vacances chez Greta et je compte bien en profiter. Je mets mon plus beau décolleté. Nous avons rendez-vous avec Louis, le maire, et son copain René. J'aime beaucoup Louis. Quatre-vingt-quatre ans, une casquette hawaïenne vissée en permanence sur la tête, il est tout ridé. Il aime rire et picoler. J'adore le taquiner. Je fais semblant de le draguer. Comme il dit, ça lui donne une seconde jeunesse. Je l'appelle mon petit fiancé. Il m'appelle sa poupée.

Accoudé au bar avec René, il boit son Ricard. Je lui enlève sa casquette, ça l'énerve, me la mets sur la tête et l'embrasse. Louis me dit que je suis belle. René n'a d'yeux que pour Greta. Elle le serre dans ses bras.

Et un Ricard. Un.

« Alors, les filles, vous passez de bonnes vacances ?

— Moi, je rentre demain.

— Ah non, tu ne pars pas.

— Mais, Louis, je suis obligée.

— Tu n'es obligée de rien du tout. Ah, ces Parisiens, vous avez toujours quelque chose à faire. Toujours pressés. On n'est pas bien ici à la campagne ?

— Si, mais…

— Il n'y a pas de "mais" qui tienne. Tu restes. Je te prends comme adjointe. Je t'installe dans une des maisons abandonnées, là-bas. Tu ne manqueras de rien, ma poupée. »

Et un Ricard. Un autre.

« On verra. Viens, mon Louis en attendant, on va se faire un selfie, en amoureux ! »

Louis me prend par l'épaule, remet sa casquette en place. Je me suspends à son cou et lui colle mes seins sous le nez. Une vraie dégénérée. Qu'est-ce qu'on rigole.

Et un Ricard. Encore un autre.

Je danse avec Louis. Greta, une bière à la main, tient René par l'épaule et chante à tue-tête une des chansons de son pays natal. Je monte sur le bar : « *Prost* à tous ! ! ! Spéciale dédicace à Louis et René ! »

En trinquant, je regarde Louis qui rit, puis se tient la tête, puis le cœur, puis s'écroule sur le sol, inanimé.

Le lendemain, je décide de ne pas rentrer à Paris. Je vais voir Louis à l'hôpital. Greta m'accompagne. Il est debout sur le seuil de sa chambre, en bas de pyjama, pantoufles et tricot de peau, les cheveux blancs hirsutes, on dirait un petit oiseau tombé du nid. Les larmes me montent aux yeux. Je le prends dans mes bras.

« T'inquiète pas, ma poupée, j'avais trop picolé, j'ai fait un petit infarctus. Tu m'as tourné la tête. Trop d'émotions pour un vieillard comme moi. »

Je regarde mes pieds, désolée.

« Mais, les filles, franchement, je me suis bien marré. Rien que pour ça, merci ! »

Il a la classe, Louis.

Rieur, il ajoute : « Les filles, pas question que je meure sans que vous soyez passées devant moi. Alors, à vous de jouer ! Et dépêchez-vous, je ne suis pas éternel. »

Qu'est-ce qu'il veut dire par là ?

Mon Louis, je te le promets, si un jour je me marie, ce sera devant toi. Mais c'est pas gagné.

Retour à Paris. Entre les métrosexuels qui s'épilent les sourcils et les hipsters qui ressemblent à des nains de jardin, où sont les hommes ? Je déteste cette ville.

Alex me téléphone. Je bondis de joie, ça fait des mois que je ne lui ai pas parlé. Il m'a manqué. Je le lui dis et lui raconte finalement mon histoire avec Vladimir, notre rencontre, ses hésitations. Après un long silence, Alex se racle la gorge.

« J'ai l'impression d'avoir entendu cette histoire mille fois.

— Quelle histoire ?

— L'histoire du mec sur Internet qui fait son kéké mais qui ne vient jamais, qui passe d'une femme à l'autre sur les sites de rencontres. Le nombre de femmes qui se font avoir… Si ça se trouve, il y en a vingt qui l'attendent. Comme toi.

— Tu crois ? Il a l'air tellement sincère à chaque fois.

— Vanessa, tu as mis tes lunettes à paillettes, celles qui te font voir ce mec en rose. Or, moi, les lunettes, je ne les ai pas et je peux t'affirmer qu'il se fout de toi. Tu sais bien comment ça se passe. Avant toute chose, ça devrait être fluide, tu ne devrais pas attendre ses textos pendant une semaine et tu devrais l'avoir vu dix fois. S'il avait vraiment envie de te connaître, il serait déjà là. Y a pas d'histoire d'argent qui tienne. Il fait du stop, il se démerde mais il est à Paris dans les huit heures. Arrête de perdre du temps avec ce connard. Tu es une belle femme, intelligente et pleine d'humour, alors choisis-toi un mec bien, à la hauteur. Y en a plein.

— Plein ? Qui dans tes amis est un mec bien *et* disponible ?

— Disponible, je ne vois pas mais il y en a.

— Admettons. Il faut y croire.

— Oui. Il faut y croire, comme pour la magie. »

Je n'ai aucune nouvelle de Vladimir. Il ne me répond même plus. Je lui en veux de donner raison à Greta et Alex. Je lui en veux d'être aussi lâche. Il paraît que l'on ne rencontre pas les gens par hasard. Je me demande bien pourquoi je l'ai rencontré, lui. C'est une émission de radio sur les imprimantes 3D qui répond à ma question. Je vais me faire fabriquer un sex-toy d'après les photos qu'il m'a envoyées. Qu'il serve au moins à quelque chose, celui-là.

Afin de mettre un peu d'ordre dans ma tête et d'éprouver la petite fierté qui accompagne le plaisir de biffer, je liste mes dernières volontés :

1) Oublier Vladimir ;
2) Supporter août à Paris ;
3) Trouver du travail. Urgent ;
4) Oublier Vladimir ;
5) Aller bien ;
6) Arrêter de fumer ;
7) Faire du sport ;
8) Oublier Vladimir ;
9) Envisager un deuxième livre dans lequel je parlerai de Vladimir pour mieux l'oublier ;
10) Trouver un sens à ma vie (ça se précise).

« Allô ? »

Un hurlement explose mes tympans. Marie est en larmes.

« Calme-toi, je t'en supplie. Qu'est-ce qui se passe ?

— Michel me trompe !

— J'arrive. »

Elle m'ouvre la porte, le visage ravagé. Je la prends dans mes bras, elle pleure encore plus. Elle se mouche, se lave les mains, me fait un café et m'apporte, dans une jolie assiette, quelques biscuits de sa confection. On ne se refait pas.

« Vas-y, raconte.

— Michel a une maîtresse depuis deux mois. Il l'a rencontrée au boulot.

— Et ça t'étonne ? Ça fait combien de temps que tu n'as pas fait l'amour avec ton mari ?

— C'est pas une raison.

— Ben si. »

Marie explose :

« Oh, j'en ai marre de cet argument bidon. (Ben non, pas tant que ça.) On reproche toujours aux femmes de ne plus faire l'amour avec leur mari mais on ne se demande JAMAIS pourquoi elles ne font plus l'amour avec lui. Tu veux que je te dise, moi, pourquoi je ne fais plus de câlins à Michel ? (Oh non, pas ce mot.)

— Non, non.

— Je vais te le dire quand même. J'en ai marre de le voir habillé en jogging et traîner en tongs tout le week-end dans le salon, avec la gueule enfarinée du mec qui a en permanence l'air de se réveiller. J'en ai marre de ramasser ses chaussettes sales dans tous les coins de la maison. J'en ai marre qu'il ne m'aide jamais à rien. J'en ai marre de laver ses slips à la main. (Tu fais ça ? T'es folle.) J'en ai marre qu'il se colle à moi en me parlant comme s'il avait huit ans. J'en ai marre de le voir vautré dans le canapé à regarder beIN Sports toute la journée. Comment veux-tu que je le désire après ça ? »

Relarmes. J'y suis peut-être allée un peu fort.

« Excuse-moi, j'ai été maladroite. Mais arrête de pleurer. C'est pas si grave. Ça arrive à tout le monde.

— Elle a trente-cinq ans, tu te rends compte ?

— Ben tant qu'à faire...

— Et moi, je suis plus bonne à rien. Je lui ai fait des enfants, j'ai entretenu notre maison, je n'invite jamais mes copines à dîner parce qu'il ne les aime pas. Toi, par exemple, il ne t'aime pas. Et c'est comme ça qu'il me remercie.

— Arrête avec ton âge, tu es belle, tu es créative, tu es douce. Tu plais aux hommes. T'en trouveras un autre comme tu veux.

— Tu parles. Comment tu expliques que tu sois toujours en train de galérer, toi? »

Ça fait donc deux piques qu'elle m'envoie. Elle doit en avoir besoin.

« Mais j'explique ça très bien. C'est pas un problème de mecs, c'est un problème de moi. Je saoule tout le monde avec ça, mais est-ce que j'en veux vraiment un au quotidien? Pas si sûr. Il n'y a aucune loi divine qui exige que je sois seule, on est d'accord?

— Oui...

— Donc, le dénominateur commun à toutes mes histoires, c'est bien moi?

— Oui...

— Et tu as vu le nombre d'idiotes qui ont réussi à choper un mari? »

Marie sourit, enfin.

« Et de crétins qui ont réussi à choper une femme. Oui, j'ai vu.

— Alors pourquoi pas moi?

— Oui, pourquoi?

— Parce que je ne veux pas.

— Mouais, alors arrête de nous bassiner avec ça.

— Ha ha ha! Tu as raison. Je vais arrêter. Je crois que je viens de comprendre un truc, là.

— Il était temps.
— Il n'est jamais trop tard.
— Pff...
— Jamais. Allez, sèche-moi ces larmes. *Fuck* Michel et prends-toi un amant. »

Ma situation de célibataire indépendante et apparemment assumée est enviable si j'en juge par le nombre de copines qui se font larguer en pleine ménopause pour une plus jeune. Une épidémie. À noter que les hommes et les femmes ne sont pas logés à la même enseigne : en Île-de-France, les seules villes où les hommes célibataires sont plus nombreux que les femmes sur la tranche d'âge quarante-cinquante ans sont celles accueillant un centre pénitentiaire. En l'occurrence, Fleury-Mérogis, Fresnes et Chauconin-Neufmontiers.

C'est bien ce qui me semblait : des hommes libres, il n'y en a pas.

Toujours dans le même sondage : les femmes seules sont citadines et réussissent professionnellement. Elles sont plus nombreuses en haut de l'échelle sociale, quand les hommes sont plus nombreux en bas et évoluent plutôt dans les milieux ruraux.

Décidément, *L'amour est dans le pré* et le fantasme

du maçon calabrais qui te plaque contre un mur ont encore de beaux jours devant eux.

Je lis aussi qu'au-delà de cinquante ans, les hommes célibataires « en trop » ont tout bonnement disparu. Leur espérance de vie étant inférieure à celle des femmes, le déséquilibre de la mortalité devient trop important pour qu'on puisse dresser des cartes pertinentes.

Donc, si je comprends bien, l'année prochaine, plus de statistiques sur la tranche d'âge qui m'intéresse. Le peu d'hommes qui resteront seront mariés ou agriculteurs. Ou morts. Ça promet. J'ai plutôt intérêt à me grouiller.

Le livre vit sa vie de livre. Et moi, je retrouve ma vie de moi. Adieu veaux, vaches, cochons, poulets. Plus de fric, toujours pas de travail. Tout a changé. Rien n'a changé.

Si, une chose. Pour la première fois de ma vie, je n'ai pas de certitude. Les rails ne sont pas tracés. Je chemine à tâtons, les deux pieds dans l'inconnu. Je recule beaucoup aussi. Après avoir été pendant plus de trente ans cadrée, salariée, à faire plus ou moins ce dont j'avais envie sans craindre le chômage, j'y suis. Que vais-je faire ? Où vais-je aller ? Comment vais-je gagner ma vie ? Ce tournant de ma vie, vais-je arriver à le négocier ? En ma faveur ? En ma défaveur ? Je n'en ai aucune idée. Je sais juste que je dois avancer. Coûte que coûte. Mais comment ?

Si je calcule bien, il me reste environ dix-sept ans à subir le marché du travail. Et trois mille euros par mois à trouver. Soit six cent douze mille euros minimum. Sans compter l'inflation. Ça me déprime encore plus.

Entre-temps, j'ai enfin compris que ce n'était pas

mon livre qui allait me permettre de gagner ma vie les vingt prochaines années. Je dois faire le deuil de la petite fille que je suis et oublier les illusions tenaces que je me suis forgées. Pour les mecs, pareil. C'est pas à mon âge que je vais trouver le prince charmant. Et même... Qu'est-ce que j'en ferais ? Quel projet pourrais-je avoir avec lui ? Les enfants ? C'est fait. La maison qu'on retape ensemble ? Je m'en tape justement. À quoi ça sert une belle maison, si c'est pour être malheureuse dedans. Les discussions à bâtons rompus ? J'ai mes copines pour ça. Les voyages ? Il faut de l'argent. La tendresse ? J'ai un chat. Le sexe ? La ménopause s'installant doucement, ma libido dégringole. Un compagnon pour mes vieux jours ? Là, du coup, j'ai le temps. Attendre le dernier moment pour faire du « Jusqu'à ce que la mort nous sépare » quelque chose d'envisageable. À condition de partir la première.

« Ton corps est ta maison. Prends-en soin », « Retrouve l'enfant qui est en toi et protège-le », « Sois gentille envers toi-même », « C'est quand tu te seras retrouvée que tu rencontreras quelqu'un ». Tous ces conseils entendus mille fois, et si je les appliquais, et si j'apprenais à me contenter de toutes ces petites choses merveilleuses que la vie nous offre au quotidien ? Et si j'apprenais à pleurer de bonheur devant le bleu d'un tableau, devant la fragilité toute délicate de la fleur que j'aperçois du haut de mon balcon, et si j'apprenais à voir de la poésie partout autour de moi ? Et si j'apprenais à me contenter de ce que j'ai ?

En plus, il faut bien que je m'occupe, les journées sont longues, quand on n'a rien à faire. Paris est désert. Tout le monde est en vacances et il fait trop chaud pour sortir.

Si je restais dans mon lit ? À traîner, à me plaindre, à me victimiser, à me dire que j'ai tout raté, que je suis née pour souffrir, pour être toujours seule et désœuvrée ?

Je pourrais aussi regarder une série. Ou encore faire le ménage…

Je vais rester au lit finalement. Lexomil et Stilnox, ça ne va pas ensemble, je sais, mais je les prends quand même.

Au moins, pendant que je dors, je ne fais pas de conneries.

Debout, Vanessa. Lève-toi, lave-toi, habille-toi, va faire les courses. Remue-toi.

Ce matin, je trouve la force de m'extirper de mon lit, d'enfiler un survêtement tout pourri. Pour la douche, on verra ça demain. J'empoigne mon caddie, prends ma voiture et vais au Leader Price, cent mètres plus loin, sur la gauche.

Cheveux gras, baskets trouées aux pieds mais lunettes noires sur le nez, j'arpente les allées, ma petite liste à la main. À la caisse, furtif moment d'angoisse. J'espère que ma carte bleue va passer. Paiement refusé. Je sors mon chéquier. La caissière l'accepte. Elle a l'habitude, on en est tous là dans le quartier : avant le 15 du mois, on peut régler nos courses ; après le 15, c'est plus aléatoire. Je la remercie.

En sortant du Leader, je me tords la cheville dans un nid-de-poule, je m'étale de tout mon long, suivie de mon caddie qui s'explose sur le sol. Un vieil homme se précipite pour me ramasser et me raccompagner jusqu'à ma voiture.

Quand même, pour une fois que je sors... C'est bien la preuve qu'il faut que je reste chez moi.

Tous les matins, allongée sur le lit, je fais des abdos. Ça durera le temps que ça durera, et en attendant, ça ne peut pas me faire de mal.

Puis j'enchaîne par des maths, parce que les maths, ça ne ment pas. Face aux maths, la mauvaise foi n'existe pas. C'est juste ou c'est faux. Pas d'entre-deux. Ça me rassure. Je cherche sur Internet comment faire les divisions. Depuis le temps, j'ai oublié. Puis, je m'attaque aux problèmes de trains. Je n'y comprends rien, je crois que oui, mais en fait non, je suis nulle. Aucune logique. Ça me désole. Et si je prenais des cours ?

Je cherche des anagrammes. Vanessa Poulemploi devient « Évaluai les pompons », « Lapinâmes vos poules » ou encore « Ô mon slip pue la vase ».

Découragée, je passe au tricot. Ça, je sais faire et ça me détend. Munie de mon aiguille circulaire, je tricote des manchons et des guêtres. De toutes les couleurs. J'envisage un instant la création d'une petite entreprise spécialisée, à associé unique.

Mouais, tout bien réfléchi, je vais plutôt organiser une distribution aux voisins.

Pour me reposer de toutes ces activités, entre 13 h 15 et 17 h 30 je me farcis toutes les rediffusions des séries françaises des années 1990.

Quand j'étais petite, j'aimais Dieu. Je lui parlais tous les jours. Je lui demandais plein de trucs. Quand, au catéchisme, on m'apprenait qu'il punissait les méchants et récompensait les bons, j'y croyais à fond. Parce qu'il me regardait en permanence, pour lui faire plaisir, j'étais toujours gentille. Par exemple, je le suppliais de ne pas faire mourir mes parents avant que j'aie au moins… trente-cinq ans. Le summum de la vieillesse pour moi. Vœu exaucé. Mes parents sont toujours vivants. Il est super, Dieu, quand il vous écoute. Mais je me suis bien vite aperçue qu'il y a plein de fois où il n'est pas là. Il était absent quand mon poussin est mort, par exemple. J'ai pleuré pendant des jours. Inconsolable. Dieu m'a déçue. Affreusement désillusionnée, petit à petit, pour ne plus souffrir, j'ai préféré ne plus y croire. Comme pour les hommes.

Pour résumer, dans ma vie, j'aurai eu plus de peines d'amour que d'histoires d'amour.

Pour résumer, dans ma vie, j'aurai été plus éblouie par les reflets qu'éclairée par les projecteurs.

Tess me convoque. Elle est avec Matthieu. Ils sont rentrés de vacances depuis deux semaines et observent leur mère vautrée dans le canapé.

« Maman, il faut qu'on te parle.

— Oui.

— Tu ne vas pas bien. Ça fait combien de temps que tu squattes le salon et la télé ?

— Je sais pas. Dix-huit jours.

— Qu'est-ce qu'il se passe ?

— Rien de particulier, je vous assure. Ne vous inquiétez pas.

— Alors remue-toi. Moi, ça me fait de la peine de te voir comme ça et ça m'énerve aussi. C'était ton rêve de sortir un livre. On t'a vue travailler. Tu ne savais même pas si tu allais le finir. Tu l'as fini, il a été édité, il marche bien et ça ne va encore pas ? Maman, tu abuses, là. Matthieu et moi, on en a ras le bol. En plus, ça nous fait culpabiliser. Mes copines, elles me demandent toutes si tu es en dépression. Maman, allez, debout. T'es chiante, là. »

Et elle s'en va, suivie par son frère. Dans le genre

inversion des rôles, je crois qu'on ne fait pas mieux. Elle a raison, ma fille. Je ne peux pas leur donner cet exemple-là. D'autant que, comme elle vient de le souligner, je n'ai pas vraiment de raisons de ne pas aller bien. C'est dans ma tête, tout ça. Galvanisée, je m'extirpe du canapé, passe sous la douche, bois un café. Si je faisais une blanquette de veau pour le dîner ?

Nouveau bilan :
1. M'occuper de mes enfants ;
2. Écrire un deuxième livre. Je veux revivre ce que j'ai vécu ;
3. Trouver un bon sujet ;
4. Trouver du travail pour avoir des horaires bien cadrés (très urgent) ;
5. Aller chez le coiffeur ;
6. Envoyer des CV ;
7. Me faire les ongles au lieu de les écouter pousser ;
8. Me mettre au sport ;
9. Aller bien (si je respecte points 1 à 8, ça devrait aller).

Dernière semaine du mois d'août. Ma psy est rentrée de vacances, je me précipite dans son cabinet.

«J'ai plein de choses à vous dire aujourd'hui. Encore que pas vraiment. À part en juillet où je suis partie en Normandie avec Greta, je suis restée la plupart du temps dans mon canapé. Je ne me plains pas, il y a des tas de gens qui ne peuvent même pas prendre de vacances mais...

— Dites.

— Vladimir a disparu.

— Disparu?

— Du jour au lendemain. Plus de nouvelles. Je ne peux même pas me dire qu'il est mort ou qu'il a eu un accident, je sais grâce à Facebook qu'il va bien.

— Ah oui?

— Il a plein de nouvelles amies. Et vas-y que je te mets des "like" en veux-tu en voilà... Même les photos de chatons, pour peu qu'elles aient été postées par une femme, il les commente... Comme il faisait avec moi avant. Si ça se trouve, il fait des copiés-collés de nos échanges épisextolaires avec douze femmes en même temps. Si ça se trouve, nos échanges étaient eux-mêmes des copiés-collés d'anciennes conversations. Beurk.

— Et ?

— Ben rien. Je lui ai envoyé un texto. Il ne m'a jamais répondu. Je n'ai pas insisté.

— Ah non ?

— Je ne vais pas le supplier non plus.

— La question n'est pas de le supplier, ou de ne pas le supplier d'ailleurs. Vous faites bien comme vous voulez. Mais si vous pensez qu'il s'agit de dire, pourquoi vous en priver ? »

Dire. Les mots que je ne dis pas sont tellement nombreux que je suis une bibliothèque de Babel à moi toute seule. Que c'est compliqué pour moi. Surtout quand il s'agit de dire ce qui ne va pas.

Je vais mieux. Je le sais : je me suis remise à cuisiner. Des woks. Au bœuf, au poulet, aux légumes. Citronnelle, gingembre, sauce d'huîtres, coriandre, je m'éclate. Si j'ouvrais un restaurant ? Non. Trop de travail. Puis vient ma période crêpes. Je retrouve le goût. Je prends cinq kilos. Pour contrebalancer l'obésité naissante, je mets de la crème hydratante tous les jours parce qu'avec la ménopause, la peau des genoux ne va pas tarder à se plisser. Celle des bras à pendre. Celle du cou à... Je ne trouve pas les mots tellement l'idée m'accable.

Quand vraiment je suis au paroxysme de la bonne humeur, je prends ma voiture pour faire un tour de périphérique. Je m'extasie sur les grues qui bordent l'extérieur. J'ai une passion pour les grues. Et je joue au jeu des plaques d'immatriculation. Le jeu de mon enfance quand, avec mes parents, on se tapait mille deux cents kilomètres en 2 CV et qu'il fallait être inventif. Je fais des phrases avec leurs lettres. CI 325 MD devient « Ça ira 325 mieux demain »; AV 303 VD, « Attention, la vie... va déchirer ». C'est un signe.

Je fais des vœux les jours de pleine lune, les jours de nouvelle lune. Voyant des promesses de bonheur partout, petit à petit, je retrouve le sourire.

Grâce à une agence d'intérim, j'ai décroché un entretien dans une imprimerie. Pour être assistante de la patronne. Ça reste proche de l'écriture, tout compte fait. Un remplacement de congé maternité. Fâchée que je suis avec la notion de contrat à durée indéterminée, ce sera parfait.

Située dans la zone d'activités économiques de Nanterre, l'imprimerie, un long bâtiment gris recouvert de tôle ondulée, est entourée d'autres bâtiments encore plus gris. L'enseigne rouge « Le Roi de la feuille » surplombe le toit.

Lieu de travail : moche et tout pourri. Ça me change de Saint-Germain-des-Prés où j'avais l'habitude de bosser.

Temps de transport quotidien : deux heures et demie contre une heure avant.

Patrons : Jocelyne et Pierre Carton (prédestination quand tu nous tiens).

Jocelyne me reçoit dans une petite salle de conférence. C'est avec elle que je vais travailler si j'accepte la mission qui m'est proposée : établir les factures, les reporter sur le cahier de comptabilité sans se tromper, vérifier les paiements clients, relancer ceux qui n'ont pas payé, tenir à jour le carnet des rendez-vous commerciaux de son mari et autres menues tâches dont elle me chargera au gré des besoins de la société. Rien qui demande de réel investissement. Travailler sans avoir à réfléchir, aucune responsabilité, rentrer chez soi le soir et ne plus y penser jusqu'au lendemain. Exactement ce qu'il me faut. Le salaire est honnête.

Je suis embauchée, je commence demain.

Habituée depuis quelques mois à une certaine inactivité, ce matin, pas vraiment envie d'aller bosser. J'applique la méthode Coué :
J'ai besoin d'être cadrée sinon je pars en vrille ;
J'ai besoin d'horaires fixes, de tâches à effectuer sinon je pète les plombs ;
J'ai besoin d'être dans la vie et le travail m'est nécessaire ;
J'ai de la chance d'avoir trouvé ;
J'ai de la chance.

Je me rassure comme je peux. Pour de vrai, j'ai surtout besoin d'argent. Pour la première fois, nécessité fait loi.

Pendant l'entretien, je n'avais pas vu le chien. Il est pourtant bien là, qui monte la garde devant la porte du bureau en grognant.
« Mon bébé, je te présente ma nouvelle assistante, Vanessa. Vanessa, je vous présente Perle rare. »
J'observe cette grosse femme en caleçon long

bigarré et ballerines de mauvaise qualité, penchée sur ce truc minuscule. Douze centimètres au maximum. Je ne vais pas faire du mauvais esprit dès le premier jour.

« Bonjour, Perle rare. C'est quelle race ?

— Un teckel nain. En Amérique, ils appellent ça un *pet toy*.

— Ce sont des OGM, vous croyez ? Ces Américains, toujours créatifs. »

Elle me sourit.

« Il me semble qu'en France, je suis la seule à avoir ce genre de chien. Appelez-moi Josie, ce sera plus convivial. »

Ma mission de la journée : répertorier toutes les factures impayées et me faire accepter du chien qui, sous le bureau, s'applique à manger mes lacets.

Notre espace de travail surplombe l'imprimerie. Josie peut ainsi surveiller ses employés à travers la baie vitrée. Je les regarde, moi aussi, mais pour d'autres raisons.

Y a que des mecs, en bas.

Après le déjeuner que j'ai passé seule, dans une cantine partagée avec d'autres sociétés du parc d'activités, je trouve une feuille posée sur mon bureau. « Mon Mari pense qu'il faudrait relancer les clients qui n'ont pas payé en avril. Pouvez-vous vous en occuper ? »

Je note les majuscules à « Mon » et à « Mari » et l'absence de signature. Entre « Perle rare » et « Mon Mari », je suis servie.

Et quand Mon Mari téléphone, elle l'appelle « Mon bonheur ». Au secours !

Ce soir, j'invite Marie et Greta au restaurant Mojitos pour commencer.

« N'empêche, Marie, je ne t'ai jamais autant vue que depuis que Michel a une maîtresse. Ça s'appelle un mal pour un bien.

— Trinquons, les filles, trinquons au nouveau travail de Vanessa, à la nouvelle vie de Marie et à mon nouveau fiancé.

— Tu as un mec en ce moment, Greta ?

— Oui. Il s'appelle René.

— Ah bon ?

— Non. Je rigole. Tu sais, moi les hommes, je les supporte une semaine. Au-delà, ils m'exaspèrent.

— Et ça ne te manque pas ?

— Non. Paul me manque. Les autres, jamais.

— Je comprends. Je ne sais pas du tout ce qu'on va faire, Michel et moi, mais je vais avoir du mal à lui pardonner.

— N'empêche, toi, jamais je n'aurais cru. Le symbole du couple parfait. Vingt ans de mariage, deux beaux enfants, une belle maison, comme quoi…

— Tu parles. Le désir est parti depuis longtemps. Pour le reste, on s'entend bien. On a les mêmes valeurs. Mais on vit comme des frère et sœur. Remarque, pourquoi pas ?

— Non, ça craint. Pronostic affectivo-sexuel alarmant. »

Marie me regarde :

« Parce que toi, c'est mieux ?

— Non, c'est pas mieux. Mais je préfère être seule plutôt que d'être couchée à côté d'un homme dont je n'ai pas envie.

— Ben pas moi. Après vingt ans de mariage, je ne pense pas que le sexe soit le plus important.

— Tu as peut-être raison. Je n'en sais rien en fait. À part François – six ans –, je ne suis jamais restée avec un homme plus de deux ans. Mon expérience du couple est proche de zéro. Je n'ai pas encore réussi à franchir le stade où, du sentiment amoureux, passionnel, sexuel, tu es censée passer à l'amour. Mouais, je crois que je ne sais pas ce qu'aimer veut dire.

— C'est triste.

— Sans doute. Mais ça me va, j'ai l'impression. Je peux continuer à en rêver. Finalement, les hommes, je les aime pour leur capacité à me faire fantasmer. Au quotidien, c'est plus compliqué. Mais j'ai bon espoir d'y arriver.

— Je te le souhaite. Inversement, moi je ne me vois pas vivre sans un homme à mes côtés.

— Pourquoi ?

— À deux, on est plus fort, financièrement on est plus stable. Pour les enfants aussi, c'est plus facile.

— Elles sont grandes, tes filles. Elles vont bientôt s'en aller.

— Oui, je sais. Mais Michel, je le connais depuis toujours. Je n'arrive pas à envisager de le quitter. Peut-être par habitude…

— Je ne te dis pas de le quitter. Je te dis juste que si vous restez ensemble, soit vous reprenez une vie sexuelle disons, normale, soit tu acceptes que vos corps, le sien comme le tien, exultent avec d'autres, soit vous vous séparez. Non ? Tu ne vas pas tirer un trait sur ta vie sexuelle. Tu es trop jeune.

— Pff. Tu parles.

— Regarde ma mère, à soixante-quatorze ans elle s'éclate encore. »

Greta intervient :

« Bon, les filles, lifting ? Pas lifting ?

— Oh mon Dieu, non. Certainement pas. C'est sexy, une femme qui s'accepte.

— Et toi, Vanessa ?

— Je suis partagée. J'avais envie mais depuis que j'ai vu ce que ça a donné avec Meg Ryan et Mickey Rourke, j'hésite. Ils ressemblent à un tableau de

Picasso. Je suis d'accord avec Marie, j'aurais plutôt envie d'apprendre à m'accepter. Et toi ?

— Non. Je vais m'en tenir aux injections. On se reprend un mojito ? Il paraît que la menthe, c'est bon pour la peau. »

Le week-end est passé trop vite. En arrivant à l'imprimerie, je vais directement à la machine à café. Quelques employés agglutinés à la fenêtre de la salle de repos ricanent. D'après ce que j'entends, la prise de poids de Josie est proportionnelle à la taille des voitures qu'elle s'achète. Elle qui roulait en petite citadine il y a vingt ans vient de s'offrir un 4×4 BMW X6. Le plus puissant de sa promo. J'appuie sur la touche «Café allongé», ils se retournent et se taisent, gênés. Je fais partie du camp ennemi. Ils se méfient. Et moi, j'en ai marre d'être exclue.

«Salut, Vanessa. On regardait la nouvelle bagnole de la patronne.

— Salut. Apparemment, elle est plus pratique pour promener le chien.»

Ils se marrent.

«Sacrée Josie. Ça se passe bien avec la Thénardier?

— Ça dépend des jours. Aujourd'hui, c'est correct. J'en profite, ça ne va pas durer.»

Et voilà. C'est comme ça que je viens d'être

admise dans le cercle des travailleurs exploités. Et pour preuve, ils m'invitent à partager leur déjeuner à la cantine.

La plieuse encarteuse-piqueuse ne s'arrête jamais. Tac-tac-tac-tac du matin au soir. C'est la grosse machine de l'imprimerie, celle qui plie les documents imprimés, encarte les différents cahiers, pose les couvertures et finit par agrafer le tout. Je vais appeler l'inspection du travail pour nuisances sonores, si ça continue. Le bruit provoque des rides et j'ai pas besoin de ça.
« Ça fait toujours autant de vacarme ? »
Josie pose ses lunettes sur la table, me regarde de haut en bas et soupire :
« Ne vous plaignez pas, Vanessa, vous êtes dans le seul bureau disposant d'une cloison anti-bruit.
— Qu'est-ce que ça doit être pour les autres. »
Qu'ai-je dit ? Elle me foudroie du regard puis, d'un air pincé :
« Ça n'est rien à côté du bruit que vous faites, vous. Je ne voulais pas vous le dire mais puisque vous m'y obligez, voilà, ça m'insupporte. Je ne peux pas réfléchir.
— Quel bruit ? Je tape trop fort sur les touches ? Quel bruit ?
— Quand vous vous levez, vous faites du bruit avec la chaise.
— Mais je ne me lève quasiment jamais…

— Oui eh bien, quand ça arrive, vous faites du bruit. Et puis vous toussez aussi. Trop. Et ne me dites pas que vous êtes allergique à l'encre.

— Non, non.

— (Fielleuse.) D'ailleurs, j'ai remarqué que quand vous toussez, vous mettez la main droite devant votre bouche.

— Et...?

— Il faudrait mettre la gauche car la droite serre des mains. Vos parents ne vous ont pas appris ça ? »

Aïe ! Là, elle n'aurait pas dû. Je suis très susceptible lorsqu'il s'agit de mes parents. Je la prends en grippe illico. Sous la table, je balance un coup de pied au chien.

Orly Ouest. En attente de mon avion pour Nice. Mon livre a été sélectionné pour un prix à Monaco et je suis invitée par la principauté. Ça m'éclate. Non seulement je vais déjeuner aux frais de la princesse Caroline, mais en plus avec elle. Aujourd'hui, je suis Cendrillon.

Et Monaco, c'est vraiment Disneyland. Les immeubles poussent comme des champignons, le commissariat ressemble à la maison d'Hänsel et Gretel, la prison a une vue imprenable sur la mer. Le ciel est bleu, le soleil brille et surtout il y a des cendriers dans la chambre d'hôtel. Ici, on peut fumer.

Debout dans le hall d'un très bel hôtel rococo en papier mâché, les auteurs sélectionnés, l'élite monégasque et moi attendons tous la princesse pour le déjeuner. Protocole oblige, il ne doit manquer personne avant son arrivée.

Je me renseigne pour savoir comment la saluer. Que faut-il dire ? Son Altesse Royale. Bien. Déjà que je n'arrive pas à dire « Maître » à un avocat, comment je vais faire ?

Elle arrive dans une robe bleue très simple, petits talons aux pieds, visage peu maquillé et brushing *ad hoc*, passe devant moi, ne me regarde même pas et va saluer les membres du jury. Je me pose trop de questions, parfois. Nous nous dirigeons tous vers le buffet préparé par un chef étoilé. Je ne suis pas à sa table et c'est donc légèrement déçue que je m'assieds à la mienne, au fond de la salle.

L'après-midi, nous le passons à visiter un lycée hôtelier. Ça n'est pas une légende, ils ont vraiment les moyens ici. Tout habillé de verre, infrastructure high-tech et équipement dernier cri, je pourrais lécher le sol tellement tout respire la propreté. Où puis-je fumer ? Au dernier étage, sur la terrasse qui surplombe la baie. Pourquoi des lavabos sur une terrasse ? Pour que les élèves puissent boire s'ils ont trop chaud. Et ce revêtement moelleux et vert sur lequel nous marchons, c'est pour qu'ils aient l'impression d'être à la campagne ou pour reposer leurs pieds meurtris par tant de béton ?

La soirée de remise des prix a lieu à l'opéra de Monte-Carlo, il ressemble étrangement au nôtre, à Paris. Seule variante : le casino attenant, où je vais pouvoir dépenser l'argent du prix que je m'apprête à recevoir. Nous nous installons dans la salle Garnier et attendons Caroline. Le protocole exige qu'elle soit la dernière à entrer pour que les portes se referment derrière elle. Elle arrive. Tout le monde se lève et applaudit. Elle porte une sorte de djellaba noire, un peu échancrée, qui lui arrive aux genoux. J'ai bien fait de ne pas mettre une robe de soirée. Je n'en avais pas de toute façon, et sur le carton «tenue de ville» était mentionné. Son maquillage est un peu plus soutenu qu'au déjeuner, mais rien d'exubérant.

Je n'ai pas eu de prix. Pour compenser ma désillusion, dans la salle de cocktail, je me rue sur les petits-fours. Foie gras frais poêlé, sushis, délicates petites brochettes de poulet, minihamburgers, il y en a pour tous les goûts. J'évite le champagne, ça donne mauvaise haleine. Il est l'heure d'aller me coucher. Demain matin, je dois me lever tôt pour aller travailler.

Orly. 11 heures, il pleut et c'est trempée que j'arrive à l'imprimerie. Josie, dans sa grande mansuétude, m'a accordé une journée et demie pour – je la cite – ma petite sauterie de Monaco.

«Perle rare, arrête de m'embêter. Alors, vous avez eu le prix ?
— Non.
— Quel dommage. Enfin l'essentiel, c'est de participer, n'est-ce pas ?
— Absolument.
— Elle est comment, la princesse Stéphanie ?
— Comme un ouragan. Elle est passée tellement vite que je ne l'ai pas vue.
— Vanessa, vous me faites marcher.

— C'est Caroline que j'ai vue. Belle femme.

— Forcément, elle a les moyens. Trêve de plaisanterie. Vu que vous n'êtes là que pour quelques heures aujourd'hui, je voudrais que vous me fassiez ça. »

Josie me jette un bout de papier sur le bureau. Je lis : « Pourquoi peut-on avoir besoin de moments de solitude ? »

« Qu'est-ce que c'est ?

— Ma fille de quatorze ans, la cadette, a une rédaction à rendre pour demain. Vous écrivez un truc simple. Il faut qu'elle ait quatorze, c'est pas compliqué. »

Vive les contrastes. Au cas où j'aurais eu envie de me la péter, Josie vient de me faire retomber sur la terre ferme en deux minutes avec son expression écrite.

« Pourquoi peut-on avoir besoin de moments de solitude ? »

Je la regarde. Intrusive, dirigiste, étouffante. Quand on est la fille de Josie, la solitude c'est presque une question de vie ou de mort.

La solitude pour ne pas mourir. Je vais partir sur cette idée-là.

La sonnerie «Fête paroissiale, flonflons, trompettes» de mon portable me réveille. C'est celle que j'avais dédiée à Régis quand je l'aimais. Les hommes ont un sixième sens; quand on les oublie, ils rappliquent.

Qu'est-ce qu'il me veut, celui-là, à 7 heures du mat? Il a que ça à faire, le dimanche, lui? N'importe quoi. Je me rendors.

Allez, debout, il est midi. Café, clopes, café, clopes. Besoin de ma dose pour commencer la journée.

Je lis le texto de Régis:
«Envie de toi...»
Il est gonflé, lui.
«Qui êtes-vous?»
J'appuie sur «Envoi».

Josie arrive, le cheveu en bataille, le teint blême, la bouche tordue et le regard mauvais. La journée va être rude. Qu'est-ce que j'ai encore fait ?

Elle pose Perle rare sur la table.

« Bonjour, Vanessa. Je vous préviens tout de suite, je ne suis pas d'humeur. Vous en êtes où dans les factures ?

— J'ai fini le mois de juillet. J'attaque août.

— Prenez votre temps, Vanessa. On n'a que ça à faire… De toute façon peu importe. J'ai un problème plus grave. J'ai renvoyé ma femme de ménage. J'en veux une autre pour demain. Arrêtez tout et trouvez-la-moi.

— Qu'est-ce qu'elle a fait ? »

Qu'est-ce qu'il me prend de poser la question ?

« Figurez-vous que cette garce a osé insinuer que Perle rare était mal élevée ! (À son chien.) Mon amour, toi, ma petite prunelle ! (À moi.) Vanessa, vous qui êtes témoin, vous êtes d'accord ? Perle rare est une merveille. »

J'acquiesce, regardant ma troisième paire de chaussures bousillée.

« Je pars du principe que si on ne respecte pas mon chien, c'est la porte ouverte à toutes les effronteries. C'est bien simple il n'y a plus de main-d'œuvre *rigoureuse* (Josie adore ce mot), on parle d'intégration mais ces gens-là (les immigrés, un vocable qu'elle prononce du bout des lèvres, comme s'il s'agissait d'un gros mot) ne veulent plus travailler... Avec les Portugaises, c'était le bon temps, mais de nos jours, les Portugaises, elles ne veulent plus faire le ménage. En plus, maintenant, ces gens ont des revendications. Ils ne veulent plus bosser les jours fériés. L'autre, là, la musulmane qui me réclame son jeudi de l'Ascension. Je ne savais pas que les fêtes catholiques la concernaient à ce point-là. Je lui ai octroyé l'Aïd et le 1er Mai. C'est plutôt généreux de ma part, mais non, elle en veut toujours plus. C'est pas compliqué, ces gens-là, vous leur tendez la main, ils vous prennent le bras. Trouvez-moi une Philippine. Il paraît qu'elles sont sérieuses, discrètes, quasi invisibles. Et elles ne parlent pas français. Ça m'évitera d'avoir à lui faire la conversation. Parce que trop de familiarité nuit au respect. »

Pour suivre la liste de mes choses à faire et parce que, grâce à mon statut de salariée, j'ai accès à un comité d'entreprise, je m'inscris au sport.

Dans une ambiance rose et tamisée, une dizaine de jeunes filles en maillot de bain, escarpins aux pieds, s'échauffent.

On me demande de retirer mon survêtement car c'est la peau qui doit être en contact avec la barre de fer. Bien entendu, je ne suis pas épilée.

La barre de fer. Je convoque mentalement Jamel afin qu'il m'aide à surmonter le ridicule de la situation. Qu'est-ce que je fous là ?

Je regarde ma voisine, la petite vingtaine, abdos dessinés, fessiers sculptés, poitrine refaite et haut placée, à la fois raffinée et nonchalante, elle s'étire.

C'est donc en culotte et très à l'aise que je m'assois par terre, les jambes écartées pour une série d'exercices au sol. Tous plus gracieux les uns que les autres. Celui de la brouette clôt l'enchaînement : les mains plaquées sur le plancher, mes bras bien raides soulèvent mon corps, bout de la chaussure droite prenant appui sur le sol tandis que la jambe gauche tendue se lève.

« Et on touche le ciel avec son pied. »

Et vice et versa. Je suis pitoyable. Il va me falloir une bonne dose d'autodérision pour aller au bout de ce premier cours de pole dance. Il s'agit maintenant d'apprendre à se déplacer autour de la barre, dos bien cambré, démarche lascive sur talons de dix centimètres, on chaloupe. Elles chaloupent, moi, je me dandine.

« C'est parfait, les filles, on attaque les spins maintenant. »

La prof me regarde à peine, rectifie parfois ma position d'une façon lasse et blasée. Jugée irrécupérable, je ne l'intéresse pas.

La barre de fer se dresse devant moi. Ça devrait m'exciter mais à ce moment précis j'ai honte. Je l'agrippe à deux mains.

« Bien hautes, les mains. »

Je suis les instructions.

« Repliez le genou droit à hauteur de votre nombril, face interne bien collée à la barre. Elle fait partie de vous désormais, elle est l'extension naturelle de votre corps. Tirez sur vos bras et décollez la jambe gauche du sol. Sans bouger le genou droit. Pointé, le pied droit, pointé. »

Je n'y arrive pas. Impossible de soulever de terre le moindre millimètre. Je m'accroche. Je leur fais perdre du temps, là. C'est plus de mon âge. Je suis ridicule.

Tess est morte de rire.

« Qu'est-ce qu'il t'a pris, maman ? Tu n'es pas un peu vieille quand même ?

— Non, on peut tout faire à tout âge. »

Phrase qui me semble hautement éducative.

« Oui mais bon, faut pas abuser. T'as jamais fait de sport, tu commences par la pole. C'est super dur, super physique. Fais du yoga, plutôt. »

Je la regarde. Du haut de ses vingt ans, elle est si jolie, et je ne dis pas ça parce qu'elle est ma fille. Elle est si joyeuse, si rieuse, si pleine d'entrain. Toute pleine de l'assurance que peuvent avoir les jeunes filles de son âge, elle croit en la vie, la justice, le bien, le mal, à l'amour qui dure longtemps. Et ce n'est pas moi qui vais la contredire. Elle n'a pas besoin de s'entendre dire que, parfois, la vie c'est que de la merde, surtout qu'elle le pressent sans doute. L'école lui a appris le chômage, la précarité, l'inégalité, et la mort de son père, le malheur qui s'abat en deux secondes sur une famille et l'inacceptable.

File, Tess. Fais ce que tu as à faire, ne te laisse pas décourager et surtout pas par les autres. Tu es amoureuse, profite. Vis, amuse-toi, ris, crois-y. C'est à ton tour, maintenant.

Je passe la main. Et ça me plaît.

Samedi. Jour J. J'ai cinquante ans aujourd'hui. Il est midi. Je vais rester au lit. Greta m'appelle.

« Vanessa, j'ai un problème. J'ai besoin de toi en fin de journée.

— Je ne suis pas très en forme. Je ne vais pas pouvoir t'aider aujourd'hui.

— Oh, ça va, t'es jamais en forme.

— C'est faux. Je vais très bien depuis quelque temps.

— Alors tu te bouges, tu te lèves, tu te laves, tu t'habilles. Convenablement si possible. Tu fais un effort. Tu te maquilles. Tu ne discutes pas. Et tu te pointes à 19 heures au Darty de l'avenue des Ternes.

— Lol. Tu veux que je me maquille pour aller chez Darty. »

Elle raccroche. Elle est gonflée. Elle ne m'a même pas souhaité un bon anniversaire. Cela dit, j'en ai parlé à personne cette année. D'habitude, je saoule tout le monde avec ça mais là, j'ai préféré me taire. Je me lève. Matthieu est dans la cuisine.

« Qu'est-ce qu'on mange ?

— Ah non, hein ! Aujourd'hui, c'est mon anniversaire. Ce serait plutôt à toi de me faire à manger.

— Je te fais un croque-monsieur si tu veux, dit-il en se marrant. Bon ben je sors, je vais déjeuner dehors.

— Avec quel argent ? »

Il ne me répond pas, il a déjà claqué la porte derrière lui. Quelle ingratitude. J'ai tout raté. Personne n'en a rien à foutre de moi.

Puisque c'est comme ça, je vais prendre une douche.

18 h 15. Légèrement maquillée et correctement vêtue, je m'engouffre dans le métro. Direction Darty. Greta arrive toujours à me faire faire ce qu'elle veut. Je me demande bien pourquoi elle a cette autorité sur moi. Peut-être parce qu'elle a de l'argent.

J'ai rendez-vous avec elle au rayon machines à laver. Je la vois. Discussion animée avec le vendeur.

« Cool, te voilà ! J'ai besoin de ton aide. J'hésite entre l'Ecobubble qui me fait économiser jusqu'à soixante-dix pour cent d'énergie ou le lave-linge vapeur qui me fait économiser jusqu'à trente litres d'eau, plus d'acariens et surtout plus de repassage.

— Tu m'as fait venir pour ça ? Prends l'Ecobubble parce que le repassage, de toute façon, c'est pas toi qui le fais.

— Tu as raison. Je vais plutôt prendre le vapeur. »

Elle se dirige vers la caisse, paye, prend rendez-vous pour la livraison pendant que je m'informe sur les aspirateurs-robots qui me semblent être les appareils les plus intéressants de ces dix dernières années. J'en rêve.

« On va dîner ?

— Allez.

— Indien, ça te va ?

— C'est parfait. »

Quand j'ouvre la porte du restaurant, ils sont tous là. Mes enfants, mes cousins, mes amis, Marie, Alex, Christine et les autres. Quinze personnes qui ont attendu le top de Greta pour, dès mon entrée, lever leur verre en hurlant :

« Bon anniversaire !!!! »

Je les regarde et, pour la première fois de ma vie, je pleure de bonheur.

C'est pas si mal d'avoir cinquante ans. En tout cas, ça commence bien.

Josie me répète à longueur de temps que je vais trop vite en besogne. Que je ne suis pas assez précise. Pas assez douce, non plus. Que Perle rare a du mal avec moi. Que je n'ai pas le sens de l'ergonomie. Que je sais tout sauf le b.a-ba. Que je ne sais pas anticiper le désir de l'autre en mouvement, dans l'espace. J'en apprends, des choses sur moi, pendant cette mission. Et la plus importante : que j'ai passé l'âge que l'on fasse mon éducation.

Plus que trois mois à tirer. Quand elle m'insupporte trop, pendant qu'elle s'énerve toute seule, je récite intérieurement un mantra tout en la regardant :

« Tu ne m'auras pas, vieille folle. N'offense pas qui veut, tu ne m'auras pas », version moderne de « La bave du crapaud n'atteint pas la blanche colombe ».

Ensuite, à la cantine, je la défonce auprès de mes collègues qui tous, abondent dans mon sens.

Quand elle a le dos tourné, je profite de mon temps de travail pour refaire mon CV.

Le cabinet de ma psy est le lieu où je pose mes valises, où je suis actrice de ma vie, où la destinée n'a pas sa place. Le plus difficile étant de ne pas se censurer.

« Je pense à écrire un autre livre. Je ne me suis jamais sentie aussi vivante que quand je travaillais sur *Tritox*. Je me souviens que quand j'arrivais à écrire, c'était jubilatoire, et rien n'avait d'importance, même pas les hommes. De toute façon, les hommes, j'en ai fait mon deuil…

— Ah oui ?

— Oui. Le jour où une de mes vagues copines paraplégique et lourdement handicapée m'a annoncé qu'elle se mariait, avec un beau mec en plus, ça m'a fait comme un électrochoc. Pourquoi elle et pas moi ?

— Oui, pourquoi ?

— C'est flou mais je pense que ça s'explique en termes de… besoin. C'est le mot le plus approprié. Je n'ai pas *besoin* de partager ma vie avec un homme, j'en rêve, j'en ai envie, mais pas *besoin*. Ce qui me préoccupe, moi, ce n'est pas d'être seule. Au jour le jour ça va très bien, mes journées sont remplies et le temps passe vite. Ce qui me fait peur, c'est d'être seule plus tard. Quand je serai très vieille, peut-être isolée, peut-être dépendante d'un infirmier que je devrai payer, quand je passerai les journées à regarder la vie par la fenêtre pour me remémorer comme c'était bien avant, lorsque j'étais jeune, quand j'attendrai la visite mensuelle de mes enfants ou la visite hebdomadaire du fils de la voisine qui m'apportera les courses de mon petit plateau repas. J'exagère, je sais. Pour être tout à fait franche, la seule chose qui me manque aujourd'hui, c'est parfois la présence d'un adulte le soir. Pour partager le ressenti de la journée, faire la cuisine à deux, regarder un film à deux, discuter. Quant au sexe, ça fait tellement longtemps que je n'ai pas fait l'amour que j'ai oublié le plaisir que ça procurait. Ça ne me manque même pas. À part ça...

— Oui...

— À part ça, les enfants vont bien et quand ils vont bien, je vais bien. Au boulot, Josie m'exaspère mais je supporte sans trop de difficultés. C'est drôle comme toute situation, dès lors qu'elle est provisoire, devient relativement facile à accepter. À méditer. »

Greta m'invite à dîner, elle a quelqu'un à me présenter. Un homme d'affaires. « Ça va te changer. » Je suis plutôt en forme et je n'ai rien prévu. Alors, douche, maquillage, bouteille de champagne à la main, talons aux pieds, sourire aux lèvres, j'y vais. Direction les beaux quartiers.

Gabriel Tapin est au milieu du salon. Greta me le présente. Il ne me plaît pas du tout.

« Vous êtes une amie de Greta ?
— Oui.
— Que faites-vous dans la vie ?
— Je suis sexologue. »

C'est ma blague préférée dans les dîners. Je la ressers à chaque fois. Après quoi suit un silence gêné puis, l'effet d'annonce passé, on me livre quelques confidences. La question la plus fréquente : « Comment puis-je être tout à fait sûr que ma femme jouit et ne fait pas semblant ? » Vous ne le saurez jamais, monsieur. Nous sommes des expertes. Ne le prenez pas mal. Lorsque nous simulons, ce n'est pas pour vous gruger, c'est pour vous valoriser.

Gabriel ne me croit pas une seconde mais une lueur dans ses yeux s'est allumée. Je l'excite, je le vois, et quand j'excite un homme, il m'excite, selon le principe des vases communicants. On est peu de chose, finalement. En une fraction de seconde, Gabriel vient de passer de laid à potentiellement envisageable.

Greta me dit toujours que la règle de base pour séduire les hommes réside dans le : « Fuis-moi je te suis, suis-moi je te fuis. » Qu'est-ce que c'est con. Mais si elle avait raison ? J'abandonne Gabriel près des petits-fours et je l'ignore toute la soirée.

Le lendemain matin, bouche grande ouverte, je lis et relis le message que je viens de recevoir, au cas où il y aurait un mot que je n'aurais pas compris :

« Serais-tu disponible pour dîner ? Ce soir ? Gabriel. »

Il a réussi à se procurer mon numéro de téléphone. Les hommes, quand ils veulent, ils peuvent. Ne jamais l'oublier. J'y vais ? J'y vais pas ? Évidemment que je vais y aller. Je ne me précipite pas pour lui répondre car d'abord je dois prendre rendez-vous pour un brushing, une épilation, une manucure, une pédicure, une permanente et une teinture des cils. Ça ne peut pas attendre. Je suis très persuasive en cas d'urgence. C'est une question de vie ou de mort. Les filles du salon se marrent. Je n'y vais pas souvent mais quand je me décide, tout mon argent y passe. L'argent que je n'ai pas.

« D'ailleurs, le chèque, vous pourrez l'encaisser à la fin du mois ? »

Il ne faut jamais aller à un rendez-vous fraîchement épilée. Les petits points rouges et les résidus de cire qui collent à la jambe et au maillot requièrent une série de douches et de gommages pour obtenir une peau opérationnelle et praticable. Et puis je ne veux pas qu'il croie que j'ai fait tout ça pour lui.

« Impossible ce soir. Mais demain, je suis libre.
— À demain, alors. »

«Allô, Greta, t'as pas des fringues à me prêter? Une robe, pour changer... Oui? J'arrive.»

Aux grands maux les grands remèdes, il ne faut pas que je loupe mon entrée, je traverse tout Paris.

Dans son dressing de vingt mètres carrés, Greta me montre ses robes d'automne, classées par couleur.

«Tu te rends compte, il veut me revoir.

— Je sais, il m'a demandé ton numéro à 6 heures du matin.

— Tu le connais bien?

— Pas trop. C'est un ami d'ami. Je sais juste qu'il a une société de marketing direct à Toulouse. Je crois que c'est un type bien.

— Toulouse? La tuile, j'en ai marre des provinciaux. Pire que les mecs mariés.

— Il vient régulièrement à Paris. Au moins tu ne l'auras pas sur le dos.

— C'est sûr, pas besoin d'être parfaite tous les jours, pas de compromis avec les enfants. L'idéal.

— Ne t'envole pas. Tu vas juste dîner avec lui. Vous dînez où, au fait?

— Non, non, t'inquiète. Au restaurant du Georges-V. À ton avis, je couche avec lui tout de suite ou j'attends ? J'appréhende un peu.

— Le sexe, c'est comme le ski, ça ne s'oublie pas. Si tu peux attendre un peu, c'est mieux.

— Tu as raison. »

Gabriel est ponctuel. C'est la moindre des choses. Il m'installe à notre table, s'assied en face de moi, plante ses yeux dans les miens :

« J'ai rencontré la femme de mes rêves, vendredi soir. Ses désirs sont les miens, choisis ce qui te fait plaisir. » Il n'a pas cillé une seule seconde. Plus c'est gros, mieux ça passe. Je plonge.

Je m'entends lui répondre, bouche ouverte, gorge sèche, mains moites et sourire béat :

« C'est de moi que tu parles ? »

Quelle cruche !

« Tu vois quelqu'un d'autre ici ? Moi, je ne vois que toi. »

Je minaude, rougis, minaude et, d'un air que je veux espiègle :

« Ah, ben non, c'est vrai... »

Quelle gourde ! Je ferais mieux de me taire.

Je change de voix, j'opte pour la grave et lui demande quel est son métier, même si je le sais déjà.

« Oh, tu sais, rien d'exaltant. Je suis chef d'entreprise. Je vis à Toulouse mais mes clients sont à Paris. Je monte à peu près deux fois par semaine et si demain tout se passe comme je veux, il est possible que je m'y installe. Et donc, toi, tu es sexologue ? »

Il ne cille toujours pas. Il est trop fort. Je suis trop conne. Je flanche, je chavire. Nous dînons. Je me tais : le mystère requiert le silence. Droite et digne, je fixe la ligne d'horizon située derrière lui, j'intensifie le regard et prends un air perdu. Normalement, ça devrait marcher.

« J'ai réservé une chambre. On monte ?
— Non.
— Et pourquoi ? »
Il est bien sûr de lui, lui.
« Impossible, je dois rentrer.
— Pourquoi ?
— Jamais le premier soir. »

Je profite de son hésitation pour me lever, me draper dans une cape imaginaire et, tête haute, tourner les talons dans un grand vent de dignité.

Je l'ai séché, là. Non mais, qu'est-ce qu'il croit, je ne suis pas une fille facile. (Non, Vanessa, tu es pire.)

Je finis en larmes dans ma voiture.

2 heures. Je prends un somnifère. Les hommes, il faut les faire patienter. J'ai bien fait de ne pas être montée.

2 h 02. Je suis complètement folle d'avoir fait ça. Rappelle-moi, je t'en supplie…

2 h 03. Je suis fière de moi, c'est la première fois de ma vie que je ne couche pas le premier soir.

2 h 04. Ça va le décourager. Je n'aurais jamais dû faire ma mijaurée. Oh là là, j'ai tout gâché. Rappelle-moi… Je t'en supplie…

2 h 05. S'il me veut vraiment, il saura attendre.

2 h 07. Rappelle-moi…

2 h 09. Je tente la télépathie. Je le visualise prenant son téléphone, composant mon numéro, m'invitant à venir. J'attends. Rien ne se passe. Je ne dois

pas être assez concentrée. Je recommence. Rien. Pas de magie cosmique à l'horizon. Quelle déception.

2 h 15. Pff… je n'y arriverai jamais. Gnagnagna, les hommes j'en ai fait mon deuil… N'importe quoi.

2 h 20. Je sombre dans le sommeil.

Midi. Sonnerie radiations : « Je fais un aller-retour Paris-Toulouse dans la journée. Rejoins-moi ce soir. 21 heures au Georges-V ? »

12 h 05. Je ne suis pas à sa disposition. Pour qui il se prend ?

10 heures. Quelle nuit ! Le sexe, y a quand même rien de mieux pour se sentir vivante.

15 heures. Un bouquet de fleurs m'est livré. Avec ce mot : « *Grazie mille.* »

Décidément, cet homme est parfait.

Quinze jours que Gabriel et moi filons le parfait amour. Quinze jours que je n'ai pas vu mes copines. Profitant d'un de ses allers-retours à Toulouse, j'invite Marie à dîner à la pizzeria de notre quartier. Elle me fait un point sur sa situation : Michel et elle se sont séparés. D'un commun accord. Il s'est installé chez sa maîtresse. Elle reste dans la maison familiale. Elle va mieux. Elle va bien. Elle m'explique qu'elle a commencé une petite thérapie pour l'aider à faire le deuil de ses illusions quand mon portable vibre. C'est Gabriel.

« Fais-moi rêver. »

Je montre le texto à Marie, assise en face de moi.

« Ça y est, c'est reparti. Tu me fatigues. Cela dit, c'est rassurant, tu as réussi à t'en trouver un, finalement.

— Ouais. Mais il y a une grosse ombre au tableau.

— Ça m'aurait étonnée… Laquelle ?

— Son nom. Il s'appelle Tapin. Gabriel Tapin.

C'est pas tous les jours qu'on doit vouloir l'épouser, lui. T'imagines : Vanessa Tapin… ?
— Ça serait drôle, avoue ! »
Je cherche sur mon portable une photo de ma mère et la lui envoie.
« Comme ça, il sait à quoi s'attendre dans vingt ans. »
Ça nous fait bien rire, Marie et moi.
Réponse de Gabriel :
« Rires. Merci. Je pense que tu peux mieux faire, ma chérie. »
« Il a répondu quoi ?
— Que je peux mieux faire. »

Chercher une idée m'excite. J'ai trouvé. J'appelle le patron du restaurant.
« Vous avez de la chantilly en bombe ?
— Oui, mademoiselle.
— Je vous en supplie, prêtez-la-moi… (À Marie.) Tu vas m'aider. Rejoins-moi aux toilettes. »

Armée de ma bombe, je file au sous-sol. Marie me rejoint. Assise sur la lunette, j'ai viré le tee-shirt, je lève mes bras le plus haut possible, il faut que mes seins aient l'air d'être fermes et haut placés. Marie m'asperge de chantilly. La pose est inconfortable. Un pied contre le mur des toilettes, à mi-hauteur, la crème commence à tomber par paquets sur mes genoux.

« Dépêche-toi de prendre cette photo. Si quelqu'un venait et nous voyait… »

On éclate de rire. Marie rajoute un peu de chantilly. Clic. La photo est prise. Il est temps de me nettoyer à grand renfort de papier toilette. Je suis toute collante. Je m'asperge d'eau du robinet, m'essuie avec mon tee-shirt puis le remets. Je recoiffe mes cheveux et, faussement détendue, remonte les escaliers. Je me rassois.

« Ça va, tu me trouves pas trop ringarde ?
— Si, mais tu m'as bien fait rire.
— Je l'envoie ?
— Évidemment. On n'a pas fait tout ça pour rien. »

Je l'adresse à Gabriel avec une légende : « Fais-en bon usage. »

Il me répond : « J'en fais juste bonne image. »

Je n'ai jamais été autant amoureuse (je dis ça à chaque fois).

Gentleman jusqu'au bout des ongles et rustre juste ce qu'il faut, je suis folle de lui. Depuis trois semaines, je vis un rêve. Je n'appelle même plus mes copines pour leur raconter mes déboires ou les faire rire de mon histoire. Il n'y a rien à en dire. Elle est si fluide. Si naturelle qu'elle en deviendrait presque ennuyeuse. Pour les autres, pas pour moi.

Gabriel est le contraire de ce que j'aurais imaginé rechercher. Il aime gagner de l'argent, il vote à droite, n'a aucune empathie. Les affaires sont les affaires. Nul affect. Visiblement, ses préoccupations financières occultent toute considération humaniste.

De toutes mes forces, j'appelle le compromis. Finalement, la droite n'est pas l'extrême droite. Il est homme d'affaires, pas l'abbé Pierre. Quant à son argent, je suis bien contente d'en profiter au restaurant.

Et surtout, avec moi, il n'est pas froid, il n'est pas dur. Il est tendre, tolérant, plein de désir, généreux, courtois. Il est amoureux. Il me le dit, et lui, je le crois. Ça change tout.

Je lui passe tout. Sans réserve. Et vice versa.

Je lui demande à quel moment je lui ai plu.

« Quand, chez Greta, tu t'es pris les pieds dans le tapis. Ta maladresse m'a ému. »

Moi qui croyais que c'était mon entrée parfaite au restaurant qui l'avait fait chavirer.

C'est lui que je cherchais. Un homme qui m'aime telle que je suis.

Trois semaines, l'histoire dure trois semaines jusqu'à ce lundi matin où je reçois, par texto : « Je passe ma vie à tenter de protéger un équilibre que je sais précaire contre toute menace extérieure. Et tu en es une majeure. Nous ne nous reverrons plus. G. »

Je ne comprends pas. Je relis. Je ne comprends toujours pas. Je jette mon téléphone sur le lit. Il me quitte en pleine période passionnelle, celle où on croit que c'est pour la vie. Il n'aurait pas pu attendre que le stade de l'ébranlement du moi soit franchi. Je me mets à pleurer. Impossible d'aller travailler. Entre deux hoquets, je préviens Josie qui semble sincèrement désolée et qui compatit. Je viendrai demain, c'est promis mais aujourd'hui, c'est au-dessus de mes forces. J'envoie un texto à ma psy pour la prévenir que j'annule ma séance de ce soir. J'appelle Greta et Marie. Les deux sont disponibles. Elles arrivent.

Marie est là en dix minutes. Elle est bouleversée. Elle me borde, me fait un café et des toasts qu'elle m'apporte sur un plateau.

« T'as pas une clope pour moi ?

— Tu refumes ? Tiens, prends.

— Oui, quand on s'est séparés avec Michel, j'ai craqué.

— T'as bien fait. Mourir de ça ou d'autre chose... De chagrin par exemple.

— Dis pas de bêtises. Tu vas t'en remettre.

— Nooon, je ne m'en remettrai jamais. Tiens, regarde le message qu'il m'a envoyé.

— Waouh ! Quel équilibre ? Je ne comprends pas.

— Moi non plus. »

Je pleure de plus belle. Greta sonne à la porte. Marie va lui ouvrir. Je les entends conspirer dans l'entrée. Greta, en pleine forme, déboule dans la chambre.

« Je te préviens, tu vas m'en vouloir.

— Oh non. Qu'est-ce que tu as fait ?

— J'ai appelé Gabriel. Je crois qu'on ne l'a jamais autant insulté. En autrichien, ça le fait, je te le promets.

— Mais non, tu n'as pas fait ça...

— Mais si, je l'ai fait, et tu sais quoi, il m'a avoué qu'il était marié.

— Quoi ?

— Tu as bien entendu. Il est marié, ce mythomane. »

Électrochoc. Je ne pleure plus. J'ai presque envie de rire. In-cro-ya-ble ! Le menteur dans toute sa splendeur. Je n'ai rien vu. J'ai tout gobé. Le bateau qu'il voulait qu'on choisisse ensemble pour que je m'y sente comme chez moi, l'appartement qu'il s'apprêtait à prendre à Paris, tout.

« Pourquoi tu ris ?

— Je ris de moi. J'y ai cru à mort. À vingt ans, ça passe, mais à cinquante ! Comme quoi, il n'est jamais trop tard. On apprend à tout âge.

— Normal que tu y aies cru, il a tout fait pour. J'ai aussi appelé l'ami qui me l'a présenté. Apparemment, c'est sa femme qui l'entretient. Sa boîte ne marche pas du tout. Il venait à Paris pour prospecter de nouveaux clients.

— Mais non…

— Paris-Toulouse deux fois par semaine pour soi-disant te voir et hôtels de luxe pour t'épater, sachant que tout était payé par sa femme… Injustifiable. Passe à autre chose.

— Facile à dire. Je crois que je vais pleurer toute la journée. Demain, je retourne travailler. Ça va m'occuper l'esprit. En tout cas, Greta, ta voyante, elle s'est bien plantée. Tu le lui diras.

— Qu'est-ce qu'elle t'avait prédit, déjà ?

— Pour l'homme de ma vie, elle voyait la lettre G. »

Josie est très gentille avec moi, ce matin. Elle m'apporte un café et me donne pour mission de répertorier dans une base de données tous les contacts de l'imprimerie. Il y en a au moins cinq cents. Je ne vais pas avoir à réfléchir. Juste à exécuter. Je la remercie. Mon esprit sera occupé toute la journée à entrer des chiffres et des adresses dans un fichier Excel. Même Perle rare me laisse tranquille. Les mecs de l'imprimerie m'invitent à déjeuner. Tout le monde est au courant. Tout le monde est aux petits soins. J'en arriverais presque à apprécier la vie en entreprise. La journée passe très vite et demain ce sera sans doute pareil car demain, comme je suis bonne en orthographe, j'aurai l'honneur de vérifier et de corriger les documents qui partent à l'impression.

« Excusez-moi. Je ne pouvais pas venir lundi. J'étais dans un trop sale état. Je suis restée au lit toute la journée à pleurer. Gabriel m'a quittée. Par texto. Et en plus, j'ai appris qu'il était marié.
— Vous l'avez appris comment ?
— Par Greta.
— Par texto et par Greta ?
— Par Greto, oui.
— Ah !
— Quoi ? Si vous voulez me faire dire que je ne lui ai pas parlé, qu'une fois de plus je n'ai rien dit, je vous le confirme. Mais j'ai essayé. J'ai tenté de l'appeler et il ne m'a pas répondu. J'ai laissé un message et il ne m'a pas rappelée. Qu'est-ce que vous voulez que je fasse de plus ? Le harceler pour qu'il me donne une explication ?
— Et pourquoi pas, vous la méritez.
— Il a été très clair dans son texto. Je ne vois pas ce qu'il pourrait m'expliquer de plus à part qu'il est un bel enfoiré et qu'il m'a menti. Vous me direz qu'il n'y a pas de bonne façon de quitter quelqu'un.

Que ce soit par un SMS, un coup de fil ou un rendez-vous yeux dans les yeux, ça fait toujours de la peine. Dans la liste des pires façons de se faire larguer, en numéro un vient le : « C'est pas toi, c'est moi. » Qu'est-ce que vous voulez répondre à ça ? En numéro deux, il y a le coup du lâche qui ne dit rien, se sauve et disparaît du jour au lendemain, et en numéro trois le texto envoyé par un enfoiré. Personnellement, c'est celle que je préfère. Ce sera plus facile pour moi de faire mon deuil de Gabriel. Un bon gros mensonge, c'est dégueulasse mais je vais pouvoir le détester, me mettre en colère, tout lui coller sur le dos. Pour la blessure narcissique, c'est mieux. Il faut que je tourne la page, et vite.

— Avant de tourner la page, il faudrait peut-être prendre le temps de la lire ?

— Non. J'ai assez perdu de temps comme ça. »

Quand j'ai un chagrin d'amour, après une semaine de larmes dignes d'une héroïne de Lars von Trier, je fais tout pour m'en sortir vite et bien. Cette fois, après seulement quatre jours de pleurs, je viens d'avoir une idée. Je progresse. C'est un titre qui m'est venu : *Trois bombes en Corse.* Si j'écrivais un roman sur trois quinquagénaires en goguette sur l'Île de Beauté ? Rien d'autobiographique, évidemment. Un *road movie* à travers les montagnes corses. Un *Thelma & Louise* à trois. Et autour de moi, ça n'est pas l'inspiration qui manque. Je prends mon cahier. Quel prénom vais-je donner à mes héroïnes ? Je suis tout excitée. *Fuck* Gabriel.

Reprenons :
1. Trouver un sens à ma vie (fait) ;
2. Écrire *Trois bombes* ;
3. Arrêter de fumer ;
4. Passer plus de temps avec mes enfants ;
5. M'occuper de mes papiers administratifs pour être fière de moi ensuite ;

6. Oublier Gabriel (fait) ;
7. Aller bien (fait) ;
8. Faire du sport (pff... vraiment utile ?).

Greta vient me chercher au travail pour m'emmener dîner. Dans la voiture, elle m'annonce que nous allons dans un restaurant étoilé. Rien ne peut me faire plus plaisir, j'adore bien manger. Greta me conseille le menu «Esprit» pour que je puisse goûter à toutes les saveurs. Je savoure mon bouillon Zézette et mes palourdes aux cèpes quand elle se lance :

«Vanessa, ça fait combien de temps qu'on se connaît ? Trente-cinq ans, cette année. Je pense que nous devrions fêter ça. En grand. Tu as toujours été là pour moi, je serai toujours là pour toi. On fait quasiment tout ensemble, on partage nos peines, nos joies, nos problèmes depuis plus d'un quart de siècle, notre amitié n'est plus à prouver, je pense que l'on devrait la graver sur le papier.

— Complètement d'accord. Fêtons ça. Comment ?

— On se marie. T'en rêves, en plus.»

Ma copine est folle et je le sais depuis longtemps mais là, j'avoue que je ne m'y attendais pas. Épouser

Greta... Tu parles d'un rêve... En même temps, cela aurait du sens. Nous sommes toujours là l'une pour l'autre. Pourquoi pas ? Je ne serai plus la célibataire de la famille, je ne serai pas seule pour mes vieux jours et puis l'idée est rock et ça, ça me plaît. Greta me regarde, tout sourire :

« Alors, qu'est-ce que tu en penses ?

— Je te préviens, je n'ai pas du tout l'intention de coucher avec toi.

— Moi non plus. Donc c'est réglé. Qu'est-ce que tu en penses ? Le mariage de l'amitié. Super concept.

— Je pense que tu es folle, mais comme moi aussi, alors c'est OUI. "Vanessa Poulemploi-Gruber", "Vanessa Gruber-Poulemploi", c'est un peu long, je vais garder mon nom finalement... Rhooo, tu nous imagines à quatre-vingts balais, on draguera les vieux de la maison de retraite, on martyrisera les infirmières, on écoutera *I Love Rock'n'Roll* à fond en tricotant des chaussettes à mes petits-enfants...

— T'emballe pas, on sera peut-être mortes.

— Mais non.

— Tu es bien optimiste.

— Mais oui, on est increvables, toutes les deux. On fait ça quand ?

— Le temps de l'organiser. Je vais aller voir mon notaire.

— Pour quoi faire ?

— J'aimerais que tu sois bénéficiaire de mon testament. Je n'ai ni famille ni enfants. Si je meurs, cet argent sera perdu dans la nature. Autant que ce soit toi qui en profites. Toi et la SPA. Prune est d'accord.

— Si Prune est d'accord… »

Moi qui pensais que ce mariage était une occasion de rigoler… Mes mains sont moites, je suis nerveuse.

« Non, hors de question. Je n'ai rien ou presque et le peu que j'ai reviendra à mes enfants. Pas à toi. Je ne peux pas te rendre la pareille. Je vais me sentir redevable vis-à-vis de toi toute ma vie. Impossible.

— Je comprends. Si ça te rassure, on fait un contrat en séparation de biens. Si on divorce, tu n'as rien. Quant à mon testament, tu ne peux pas faire grand-chose, c'est moi qui décide. »

Je me sens un peu piégée. Cet engagement, tout amical soit-il, reste un engagement, un contrat à durée indéterminée. Et, comme d'habitude, ma première réaction est de vouloir m'enfuir. Mais cette fois, je ne me sauverai pas. En somme, il s'agit de lui dire « oui » pour la vie qui nous reste. Et alors ? Ce n'est pas si grave, c'est pas comme si je m'endettais pour un appartement. Je me détends. Nous finalisons les détails : nous n'habiterons pas ensemble. En tout cas pas tant que mes enfants vivront avec moi. On ne changera rien à nos habitudes quotidiennes, simplement l'engagement de nous aider mutuellement sera pris de façon solennelle, devant M. le maire. Et pour notre voyage de noces, nous partirons à Mexico. Parce qu'*on oublie tout sous le soleil de Mexico.*

« J'ai une proposition malhonnête à te faire. Pour une meilleure répartition des tâches, tu choisis les fournisseurs, je paye.

— Tu veux m'acheter ou quoi ? Je suis d'accord à une condition, c'est moi qui offre les alliances.

— Pas de problème. On fera ça chez moi en Normandie. Il y a de la place pour tout le monde. Je m'occupe de la déco et des hôtels pour les invités et toi de la bouffe.

— Couscous, plateau de fromages et pièce montée.

— Parfait.

— Quelle date ?

— Samedi 30 décembre. On en profitera pour fêter la nouvelle année dans la foulée. »

Le lendemain, j'appelle Marie.

« Tu vas te marier avec Greta ? ? ? Vous êtes tarées. Tu m'auras tout fait.

— Ouiii. Le mariage aura lieu en Normandie, dans sa propriété. On fera une grande fête. On va bien se marrer. Tu viens ?

— Évidemment. C'est quand ?

— Le samedi 30 décembre et tu réserves ton réveillon et ton Jour de l'an. »

Puis je téléphone à Alex. Grand silence. Oh là là. Il va m'engueuler.

« C'est une super bonne idée. (Ouf.) Alors, comme ça, tu fais ton *coming out* ?

— Mais non. Tu vas encore devoir supporter mes histoires de mecs un moment.

— Alors, pourquoi ?

— Tu veux vieillir avec Christine, j'espère vieillir avec Greta. Aussi simple que ça.

— Pourquoi le mariage ?

— Pour rire, pour la robe, pour goûter la symbolique, mettre à l'épreuve mon engagement, prendre une vraie décision une fois dans ma vie. Tout ce que je n'arrive pas à réaliser en amour, je vais le vivre à travers l'amitié. À propos, je voudrais que tu sois mon témoin. »

Ce soir, il va falloir que j'annonce la nouvelle aux enfants. J'appréhende. Je les invite aux restaurant.

« Tess et Matthieu, j'ai quelque chose à vous annoncer.

— C'est pour ça, le restaurant ?

— Non, Matthieu, ça c'est pour vous faire plaisir (menteuse). Greta et moi avons décidé de nous marier. Le 30 décembre.

— Tu plaisantes ?

— Non, Tess.

— Pourquoi ?

— Ça me rassérène.

— Ça veut dire quoi ?

— Ça me tranquillise pour mon avenir.

— Et tu n'aurais pas pu trouver un homme pour ça ?

— Ben, non. Ça n'est pas arrivé. Et je ne vais pas passer ma vie à courir après des chimères.

— Ça veut dire quoi ?

— Des fantasmes, des rêves, des illusions.

— Tu fais comme tu veux, maman, mais c'est une drôle d'idée. Tu ne t'es pas mariée avec papa et tu te maries avec Greta. T'es bizarre, toi. »

Les larmes me montent aux yeux comme chaque

fois qu'on évoque François. Matthieu est resté silencieux.

« Et toi, tu en penses quoi ?

— Wouah ! Le mariage pour tous, tu l'as pris pour toi ?

— Pourquoi pas ? Je ne vois pas où est le problème.

— Pour tous, oui, mais pas pour ma mère. Tu te maries avec une femme, c'est la honte. Et elle va vivre avec nous, elle va dormir avec toi ?

— Mais non. Elle reste chez elle, je reste chez nous, rien ne change. C'est un mariage de l'amitié. On se promet d'être amies jusqu'à notre mort et de nous occuper mutuellement l'une de l'autre si nécessaire.

— T'as pas besoin de te marier pour ça. Vous n'avez qu'à vous le promettre.

— Tu sais, ça me rassure beaucoup de savoir que je peux compter sur quelqu'un et que c'est écrit sur un papier.

— Tu peux compter sur nous, maman, et c'est écrit dans nos gènes. »

Il m'épate, là.

« Je ne veux pas compter sur vous. Je veux que vous viviez votre vie d'adultes sans avoir trop de boulets à traîner. Par exemple, ce sera Greta qui m'essuiera les fesses quand je serai grabataire. Pas toi. J'assure mes arrières. C'est le cas de le dire.

— Mouais. En tout cas, moi je dirai rien à mes copains, ni à personne d'ailleurs. L'archouma.

— Ne dis rien à personne si tu veux mais je compte sur votre présence à tous les deux.

— Ouais, ben, on verra. »

Les vieux schémas ont la peau dure. J'ai l'impression qu'avec cette histoire de mariage, je vais devoir me justifier auprès de tous. Je vais encore passer pour une excentrique. Comme d'habitude. Et je m'en fous.

1. Choisir ma robe ;
2. Établir la liste de nos invités ;
3. Acheter les alliances ;
4. Réserver le traiteur ;
5. Commander les faire-part.

« Bonjour, Josie, bonjour, Perle rare ! Vous allez bien ?

— Très bien. Je vous remercie. Vous avez l'air en pleine forme aujourd'hui. Qu'est-ce qui vous arrive ?

— Je me marie.

— Qui est l'heureux élu ?

— Ma copine Greta.

— Ah ! chacun ses goûts. Je ne vous juge pas, attention !

— Non, bien sûr. On lance un nouveau concept. Un mariage de l'amitié.

— Chacun fait ce qu'il peut.

— J'aimerais vous passer une commande pour les faire-part.

— Très bonne idée. Vous savez comment faire,

je vous laisse vous débrouiller. Je vous ferai une ristourne. Ça sera mon cadeau de mariage.
— C'est gentil, ça. Merci. »

Samedi 30 décembre.

Je me regarde dans la glace. Je suis belle en robe de mariée, même si elle est blanche. La couturière a assuré, elle me va au millimètre près. Très élégante, je me plais. Le coiffeur m'a fait un joli chignon, à la fois classique et rock. Et le maquilleur a fait des miracles. Mes yeux sont charbonneux, mes cils sont longs et ma bouche est comme d'habitude.

Ça y est, c'est l'heure, il faut y aller. Ma robe traîne sur le sol, je la soulève pour ne pas m'emmêler les pieds. Juchée sur des talons de dix, ma hantise est de tomber. Je sors de la chambre. Alex m'attend, souriant. Il est superbe dans son smoking. Il me tend son bras, que je prends. Ensemble, nous descendons l'escalier. Je ne sais pas si c'est le plus beau jour de ma vie mais en tout cas, c'est fun. Je me sens bien. Sur le seuil de la porte qui ouvre sur le jardin, une calèche m'attend pour m'emmener à la mairie.

Arrivée, je regarde par la fenêtre du carrosse,

tous les invités sont là. Mes enfants, mes parents, mes amis. Façon reine d'Angleterre, je leur fais un petit signe de la main. Il n'y a pas d'église, pas de chênes centenaires, c'est le mois de décembre et il fait très froid mais il y a mon Louis qui se tient droit dans son costume, son écharpe de maire en bandoulière et sa casquette hawaïenne vissée sur la tête. J'y tenais. Il me sourit. Alex m'ouvre la porte. Je descends. La robe fait sensation, j'entends des « Oh ! » et des « Ah ! ». Puis les appareils photo crépitent. J'entends aussi un cheval au loin. Précédée de Prune, Greta, en amazone, arrive sur un pur-sang. Elle aussi est en robe de mariée. Elle s'arrête devant René, son témoin, qui l'aide à mettre pied à terre. Nous nous dirigeons vers la salle des mariages. Les invités s'y installent. Louis prend son papier. Il se racle la gorge.

« Mesdames, mesdemoiselles, messieurs,
Bienvenue dans notre mairie. Je suis heureux d'accueillir Greta et Vanessa, ainsi que vous tous, parents et amis, dans notre maison commune.

Cette maison qui nous rassemble sous le ciment des mots "Amitié, partage et joie" est aujourd'hui, Greta et Vanessa, le théâtre de votre engagement public.

L'amitié, c'est celle par laquelle vous vous êtes engagées aujourd'hui sur un chemin commun, guidées par votre respect mutuel.

Le partage, c'est celui que vous aurez le constant désir de créer au sein de votre famille de cœur qui vous ressemble et dans laquelle vous distribuez à tout instant rire et insouciance.

La joie enfin, c'est celle d'inventer votre vie ensemble ou séparément sans qu'elle comporte exclusivité ou lourdeur. Joie de voir l'autre construire et réussir, joie d'éviter qu'elle n'emprunte des chemins dangereux.

Permettez-moi, Greta et Vanessa, de m'adresser à vos amis, familles et animaux pour les féliciter. Je sais par expérience qu'une journée telle que celle-ci représente beaucoup de travail et d'émotion légitime et se doit d'être la plus accomplie possible.

Je m'adresserai ensuite aux mariées. Votre union se fonde sur l'amitié, et dans cette propriété, vous venez d'accomplir un acte fort qui est aussi un engagement devant tous.

Il s'agit de respecter la personnalité de l'autre et d'accepter sa différence, de se faire confiance et de rester à l'écoute en toute circonstance. Je vous souhaite donc une belle route ensemble et, avant de procéder aux actes administratifs nécessaires, je nous souhaite à tous une très belle fête. Veuillez à présent vous lever, nous allons célébrer le mariage de Greta et Vanessa.

A-t-il été fait un contrat de mariage ?

— Oui.

— Conformément à la loi, je vais vous donner

lecture des articles 212, 213, 214 et 215 du Code civil.
Art. 212 :
Les mariées se doivent mutuellement respect, secours et assistance.
Art. 213 :
Elles assureront ensemble la direction heureuse et joyeuse de la famille, des amis, des animaux et pourvoiront à leur bonne humeur...
Madame Greta Gruber, consentez-vous à prendre pour amie Mme Vanessa Poulemploi ici présente ?
— Oui.
— Madame Vanessa Poulemploi, consentez-vous à prendre pour amie Mme Greta Gruber ici présente ?
— Oui.
— Au nom de la loi, je vous déclare unies par le mariage. Vous pouvez échanger les alliances et embrasser vos témoins. »

Alex apporte sur un petit coussin de velours nos deux anneaux. Une fois glissés à nos majeurs, les invités applaudissent. Louis, tout ému, verse une larme de joie. Clin d'œil entre Greta et moi. Une fois sortie, je jette le bouquet des mariées. Marie l'attrape.

De la mairie, nous allons chez Greta où un vin d'honneur nous attend. Le dîner et la fête auront lieu ici, dans la propriété, dans la salle où il y a la grande cheminée.

Greta a placé un grand et bel homme à ma gauche. C'est qui ?

« Gaspard, un vieil ami de Paul », me dit-elle.

Et pourquoi ne me l'a-t-elle pas présenté plus tôt ?

« Il vivait à New York. »

Producteur de séries télévisées fraîchement divorcé d'une Américaine, il revient vivre en France. Il me courtise toute la soirée. C'est fou, les hommes, quand ils savent que tu es prise, ils te veulent. Si j'avais su, je me serais mariée plus tôt.

La fête bat son plein. Je me suis changée, parce qu'un pantalon en cuir, pour danser, c'est mieux qu'une robe de mariée. Matthieu joue sur son téléphone, Tess, venue sans son chéri, rit avec un jeune homme de son âge, Greta flirte avec René, Marie danse avec son cavalier, un type de son travail qui, soi-disant, ne lui pas plaît pas spécialement. La preuve, elle n'arrête pas de répéter qu'elle ne se fait pas de film et qu'elle doit d'abord faire le deuil de son mari. C'est bon signe. Moi, je pense (comme d'habitude) que tout est possible et qu'elle ne sait rien. Tout le monde est à sa place. Gaspard m'invite à danser.

« Ta fille a l'air de bien s'entendre avec mon fils.
— C'est ton fils ? »

Il rit et me demande si ça me pose un problème.

« Non, bien sûr. Mais il ne faut pas qu'il s'attache trop, elle a un petit copain. Tu as combien d'enfants ?
— Un seul. Il vit aux États-Unis avec sa mère. »

Ça ne lui ferait pas de mal, à ma fille, de pratiquer son anglais dans les meilleures conditions.

« Il s'appelle comment, ton fils ?
— Liam. »

J'ose un : « Tu dors où cette nuit ? » Il a réservé deux chambres à l'Hostellerie du Cheval Blanc, un ravissant cottage que je rêve d'essayer depuis longtemps.

« Et toi ? Pardon, et vous ?
— Greta, dans sa chambre, avec René d'après ce que je vois. Et moi, dans ta chambre, avec toi. »

Il me serre un peu plus fort dans ses bras.

Le petit déjeuner vient de nous être servi. Je me lève avant lui pour me laver les dents avant de l'embrasser. Quelle nuit de noces ! La plus torride de ma vie. (Je dis toujours ça.)

Café, croissants, cigarette. J'appelle ma femme.

« Tu as bien dormi ?

— Merveilleusement, et toi ?

— Pareil. Tu veux qu'on se rejoigne à quelle heure ?

— Quand tu es prête, quand tu peux. »

Gaspard me demande quelles sont les festivités de la journée.

« Aujourd'hui, c'est repos pour tout le monde.

— J'irais bien monter à cheval. »

Il ne manquait plus que ça.

« Pas moi, mais vas-y. Tu me rejoins chez Greta ? Le sport et moi, ça fait deux.

— Ça, ça ne m'étonne pas. »

Qu'est-ce qu'il veut dire par là ? Que je danse comme un pied ? Que je n'ai pas été assez performante au lit ?

« J'ai essayé la pole dance, une fois. »

Il éclate de rire. Moi aussi. Je vais prendre ma douche.

Combien de temps va-t-il durer ce joli moment ? Plus de deux jours, c'est certain, on est là jusqu'à demain, mais au-delà ?

Après tout, je ne suis peut-être pas faite pour vivre avec un mec.

Avant de rejoindre mon épouse, je lui pose quand même une question :

« Dis-moi, Gaspard, ça te dirait, Mexico ? »

REMERCIEMENTS

Alex Anglio, Christine Anglio, Nicolas Boucher, Charlotte Brossier, Véronique de Bure, Manuel Carcassonne, Marie-Laure de Cazotte, Anne Garcia, Laurent Hébert, Debora Kahn-Sriber, Rose Lapresle, Noémie Lenoir, Jacqueline Massola, Jeremy Sahel, Paul Vacca, Karine Vincent et toute la formidable équipe de Stock.

Du même auteur :

Les mots qu'on ne me dit pas, Stock, 2014.

Le Livre de Poche s'engage pour
l'environnement en réduisant
l'empreinte carbone de ses livres.
Celle de cet exemplaire est de :
300 g éq. CO_2
Rendez-vous sur
www.livredepoche-durable.fr

PAPIER À BASE DE
FIBRES CERTIFIÉES

Composition réalisée par MAURY IMPRIMEUR

Achevé d'imprimer en mai 2017, en France sur Presse Offset par
Maury Imprimeur – 45330 Malesherbes
N° d'imprimeur : 217866
Dépôt légal 1re publication : juin 2017
LIBRAIRIE GÉNÉRALE FRANÇAISE – 21, rue du Montparnasse – 75298 Paris Cedex 06

50/1864/2